JULES LÉVY
LOIN DES HOMMES
LES ÉDITIONS G. CRÈS & Cⁱᵉ — PARIS

LOIN DES HOMMES

JULES LÉVY

LOIN DES HOMMES

PARIS

LES ÉDITIONS G. CRÈS & Cie

11, RUE DE SÈVRES (VIe)

MCMXXX

PETIT AVIS AUX LECTEURS

Si vous aimez les animaux, ces peintures fidèles vous plairont peut-être ; si vous n'avez aucune sympathie pour nos bons camarades, il se peut que quelques-uns d'entre vous se disent : « Nous avons peut-être tort, essayons de comprendre les bêtes. » Et ceux-là, s'ils sont intelligents, s'il leur reste un peu de sensibilité, arriveront au résultat que je guigne, celui d'éviter la brutalité envers nos petits frères.

Soyons bons envers les animaux, nous en serons meilleurs avec les humains.

Volontairement, je n'ai pas fait œuvre littéraire. J'ai tâché à écrire ce livre simplement pour qu'il puisse être accessible à tous. Je ne cherche pas une place dans les anthologies, mais en ma qualité d'humoriste, j'ai voulu conter gaiement des petites histoires dont j'ai été le témoin.

Je ne me suis pas creusé le cerveau pour inventer. Scrupuleux spectateur de la vie, j'ai noté ces petits événements, négligeables pour beaucoup, mais qui, je l'espère, auront un certain intérêt pour les braves gens.

Les égoïstes, les arrivistes, les médiocrités qui encombrent notre société, diront que je ne manque pas de prétentions. Je serai fier de leur critique, l'homme sans ennemi est un homme sans valeur. Je me contenterai de l'approbation des gens qui ont le cœur bien placé.

Je souhaite en rencontrer parmi mes lecteurs, à ceux-là je tends la main et leur demande de m'aider à faire aimer ceux que nous appelons bêtes et qui souvent sont plus malins que nous.

ÉPITRE DÉDICATOIRE

A L'AMI

JEAN DE LA FONTAINE

Excuse-moi, cher et grand écrivain si, timidement après toi, je viens donner la parole à nos frères les animaux.

Tu n'étais pas le premier dans la spécialité; avant toi, tes confrères le Grec Esope et le Latin Phèdre avaient aussi écrit, pour leurs contemporains, des fables dont tu t'es inspiré. Il n'est pas douteux qu'avant eux d'autres déjà, mais sous d'autres latitudes, avaient usé du même procédé. Par le truchement des bêtes, ils avaient et tu as également essayé de rendre les hommes meilleurs en leur confiant des morales parfaitement humaines, droites et loyales.

La gloire que tu as conquise, tu la dois à la beauté, à l'élégance et à la pureté de ton style. Tu aimais les bêtes et cependant tu t'es servi d'une plume d'oie pour nous transmettre les admirables choses que tu leur fais exprimer. Je n'ai pas la prétention de m'installer près de toi. Et c'est avec un simple stylographe que je viens, non point moraliser, mais mettre à notre niveau les paroles que je leur prête.

Tu as enrichi l'écrin littéraire de fables immortelles, je n'ai, moi, que le souci de plaire à un public moderne qui, malheureusement, se moque de tout ce qui est moral. J'espère qu'un jour, les hommes, revenus à de meilleures pratiques continueront à admirer ton œuvre quand il y aura belle *lurette que ce petit bouquin sera tombé dans l'oubli.*

Ce petit bout de billet a pour but de te témoigner toute l'admiration que je ressens pour ton œuvre et te dire combien je suis fier d'être Français, trois cent neuf ans après ta naissance. Chez nous, on aime la douceur, je la prêche, tu m'as donné l'exemple.

J'adresse à ton souvenir le meilleur de mon cœur.

J. L.

LES CHIENS ET LES CHIENNES

Nous savons que le chien est l'ami de l'homme. Malheureusement l'homme, trop souvent, n'est pas l'ami du chien. Cet animal supérieur devrait être considéré comme un de nos concitoyens, et s'il a des devoirs à remplir, des droits lui sont dus incontestablement.

Ne croyez pas que mon amour pour la race canine soit exagéré, depuis plus de soixante ans, je jouis de leur compagnie, j'ai pu apprécier les qualités dont ils sont dotés et je puis affirmer que jamais l'homme ne saura assez reconnaître combien le chien mérite d'être aimé. Le chien se plie avec facilité aux volontés de l'homme, naturellement il est bon, s'il devient méchant, c'est que l'homme le veut ainsi. Oui, il y a des chiens qui deviennent des animaux féroces, prêts à mordre, au besoin à tuer; ils sont ainsi uniquement parce que les hommes les ont dressés à avoir des moments de violence. S'ils sont terribles, ils le doivent à leurs professeurs en rebellion. Certes, il existe des races aptes à ce dressage et certains animaux se prêtent facilement à cette éducation, mais par essence le chien est foncièrement bon.

Il n'est personne pour contester leur intelligence, que certains traitent d'instinct, mais pour ma part, je prétends que le chien est plus intelligent qu'instinctif.

Il a sur l'homme une grande supériorité, il comprend ce qu'on lui dit et bien des gens ne comprennent pas ce que disent les chiens.

Car les chiens parlent clairement, non seulement en donnant de la voix, mais avec leurs yeux, leurs oreilles et leurs queues. En les étudiant, on arrive à comprendre leur façon de s'exprimer et j'en suis arrivé à saisir les nuances du langage des chiens.

Ils sont psychologues et physiono-mistes, j'en donnerai des exemples un peu plus loin. Ils jugent au premier coup d'œil les sentiments des gens qui les approchent; ils sentent ceux qui aiment les chiens et ceux qui n'ont pour eux aucun sentiment de bienveil-lance.

Je ne m'en fais pas gloire, mais jamais un chien ne m'a cherché noise, ils savent que je les aime et ceux réputés les plus féroces ne m'ont jamais cherché querelle.

Chez les chiens comme chez les gens, il est des natures inférieures ; l'homme n'est pas parfait, le chien non plus. Il en est qui ont de sales caractères, mais on arrive à les améliorer par la douceur ; il n'y a qu'une seule manière de les traiter et c'est la douceur.

Ne tapez jamais sur un chien ; vous le rendrez batailleur, si vous usez avec lui de procédés brutaux. Car il possède une certaine dignité qui l'oblige à ne se point laisser maltraiter ; alors, il se rebiffe et dit : « Je ne me laisserai pas faire. Je te revaudrai cela un jour ou l'autre ». Son rôle se transforme, il devient ennemi de l'homme.

*
* *

.Je vais vous entretenir des faits et gestes des chiens que j'ai connus et qui ont joué un certain rôle dans ma longue vie.

Je me suis pris d'affection pour les chiens avec celui qui, le premier, a été introduit chez nous; je n'ai jamais, depuis le jour où j'ai connu mon premier chien, pu me passer d'au moins un compagnon de sa race.

Il se nommait « *Pitou* ». Pourquoi « *Pitou* » ? Et comment était-il entré dans notre intérieur ? C'est ce que je vais vous conter.

A une certaine époque de l'année, mon père, pour vaquer à ses occupations, prenait un fiacre au mois et tous les jours le même cocher le venait prendre pour le conduire dans Paris, aux divers endroits où mon père se rendait.

Un soir, sur la place du Palais-Royal, le cocher s'arrêta et descendit de son siège pour ramasser un malheureux cabot affolé qu'il avait failli écraser; il le prit avec lui sur son siège et le soir, au moment de quitter mon père, il lui dit : « Vous ne voudriez pas prendre ce chien; j'habite un petit logement où il ne serait pas à son aise, tandis que chez vous, il serait plus heureux. »

Mon père accepta l'offre qui lui était faite et rentra à la maison avec l'animal.

Nous occupions en ce temps-là (1868) un pavillon avec jardin dans la rue des Boulangers; la maison existe encore, elle est facile à reconnaître, elle est ancienne et j'ai vu des plans de Paris datant du xviiiᵉ siècle où elle est dénommée, maison du belvédère. C'est le plus ancien gratte-ciel de Paris, elle a neuf étages; mais je crois bien que les jardins ont été employés à des usages plus pratiques et rémunérateurs.

Or, un jardin pour un chien, c'était le bonheur; il y pouvait s'amuser comme il voulait, car le jardin était d'importance, il y avait douze cents mètres de terrain où il pouvait gambader.

Le cabot n'avait rien de séduisant; c'était un bâtard sans aucune espèce de race; il était blanc avec des taches d'un marron pisseux; il n'avait de bien que son visage éclairé par des yeux très expressifs où se lisait la qualité de son âme de bon chien.

A cette époque, une opérette faisait

fureur au théâtre des Menus-Plaisirs du boulevard de Strasbourg, elle avait pour titre : *Geneviève de Brabant*; elle était agrémentée d'une partition d'Offenbach, et un certain duo, le duo des hommes d'armes, était devenu populaire à Paris. Ce duo, interprété par deux acteurs qui se nommaient Ginet et Gabel, obtenait tous les soirs les honneurs du *bis*. Les hommes d'armes avaient nom Grabuge et Pitou. Gabel, qui jouait le rôle de Pitou, était étourdissant de drôlerie, le type était devenu populaire et voilà pourquoi notre chien avait été baptisé « *Pitou* ». Cela m'embêtait bien un peu parce qu'alors au lycée Henri-IV, qui, en ce temps-là, était nommé « Napoléon », j'avais en huitième un professeur qui se nommait également Pitou, mais avec lui, je prenais une façon de parler avec respect et je l'appelais : Monsieur Pitou.

Pitou, notre chien, était adorable; nous étions quatre enfants à la maison et nous faisions des parties de courses avec notre animal.

Il aurait été parfait si ce cabot, à l'apparence vulgaire, n'avait eu des opinions réactionnaires; il avait des idées politiques ancrées en lui, qui causèrent sa mort.

La chose se passait en 1871, pendant la Commune de Paris. Pitou était anti-communard et manifestait son antipathie pour les insurgés sitôt qu'il en apercevait un. L'uniforme de garde national le mettait hors de lui et il ne se contentait pas d'aboyer après l'homme, il lui sautait sur le poil et l'aurait mordu si nous ne nous étions interposés pour éviter l'accident. Il fallait user de violence pour arriver à le maîtriser et comme incontestablement il nous aurait fait fusiller pour cause de propagande anticommunarde — en ce temps-là le mot communiste n'existait pas — mon père se vit dans l'obligation de se défaire de notre pauvre chien aux idées si arrêtées; un pharmacien de nos amis vint le piquer et toute la maisonnée prit le deuil du chien qui avait passé trois années dans le sein de la famille et que nous considérions comme un des nôtres.

C'est cette première promiscuité avec un représentant de la race canine qui m'a amené à l'amour des chiens.

*
* *

J'ai possédé plus de soixante amis-chiens, mais je ne vous parlerai que des plus importants, de ceux qui ont laissé un souvenir et dont je peux parler comme d'un parent décédé pour lequel j'avais de l'affection.

Il y a trente-sept ans que je me suis fixé dans la banlieue parisienne et le premier chien que j'eus, à Antony, première étape de mes quatre domiciles banlieusards, fut un nommé « *Rip* ». Celui-là était un caniche très pur de race et plutôt comique ; il jouait à saute-mouton avec un chat et un lapin que j'avais en liberté dans mon jardin, et quand, par hasard, en rentrant chez moi, je ne voyais pas le lapin, je disais à « *Rip* » : « Va me chercher *Nègre !* ». Il filait au jardin et revenait avec *Nègre* qu'il avait empoigné par la peau du cou et me disait : « Eh ! bien, le voilà ! Tu n'as plus rien à réclamer ! »

Je vous l'ai dit, je comprends le langage des chiens et n'ai besoin d'aucun interprète pour traduire leurs dires.

Rip était très beau; il eut un jour l'imprudence de sortir un peu loin de la maison, il me fut volé; je ne l'ai point revu.

Il eut pour successeur une chienne qui entra chez moi dans les bras d'un ami; elle était très jeune, elle était à peine sevrée et comme elle était bien en chair, ronde comme une boule, elle fut baptisée « *Boule* ».

Boule fut la première d'une famille qui vécut chez moi pendant plus de vingt années; elle se développa rapidement. Elle appartenait à la race des « Lemberg »; elle devint une bête superbe et à l'âge de deux ans, quand elle se mettait debout sur ses pattes de derrière, elle était aussi grande que moi : elle atteignait 1 mètre 80 centimètres.

Cette bête, d'une intelligence remarquable, arrivait à lire nos pensées. Point n'était besoin de lui adresser la parole pour lui demander quelque chose, il suffisait de la regarder, elle savait ce qu'on voulait lui dire.

Elle faisait même mieux. Le soir, en été, quand nous descendions au jardin par les soirées chaudes, nous allions, ma femme et moi, nous installer sous une tonnelle au fond du jardin; *Boule* nous y suivait et se mettait à nos pieds sous une table qui se trouvait au milieu de la tonnelle. Lorsque l'heure de rentrer arrivait, je regardais ma femme de certaine façon et sans lui dire un

mot, mais notre chienne avait l'intui-
tion de ce que nous pensions, elle se
levait, se dirigeait vers la maison,
montait l'escalier; avec son museau,
elle tournait le bec de cane, car elle
savait comment s'ouvrait cette porte,
et, assise sur son derrière, elle disait :
« Je vous attends; vous avez l'intention d'aller vous coucher, il ne s'agit
pas de flâner. » Céla se lisait sur sa
bonne figure et je vous affirme qu'il n'y
avait pas à se tromper sur la façon
d'interpréter sa pensée.

Elle eut une ribambelle de chiots et
le premier mâle qui vint au monde prit
naturellement le nom de « *Boulard* »,
fils de « *Boule* ».

Nous eûmes plusieurs « *Boulard* »,
le nom étant devenu patronymique.
C'étaient de grands et beaux chiens
très forts. Avec des costumes marrons,

ils faisaient l'admiration des connais-
seurs. Dans le tas, il y en eut de plus
ou moins intelligents, mais, en général,
ces chiens puissants étaient la douceur
même.

A propos de *Boule*, j'avais oublié de
vous dire qu'elle avait un défaut, elle
était voleuse et aimait à se vanter de
ses larcins. Souventes fois, elle allait
seule chez les fournisseurs s'emparer
chez le boucher d'un gigot ou chez le
charcutier d'un chapelet de chipolatas,
et triomphalement dans le pays, elle se
promenait tenant à la gueule le résultat
de ses exploits afin que tous les gens
puissent l'admirer. Naturellement, il
me fallait régler l'addition et *Boule* m'a
fait faire bien des dépenses qui
n'étaient pas prévues à mon budget.

*
* *

Les « *Boulard* » furent légion.

Une chienne, qui se nommait « *Maud* » et qui m'avait été donnée par un ami, ayant eu des relations suivies avec le premier « *Boulard* », fils de « *Boule* », nous donna trois chiens qui furent nommés : Pat, Chou et Li.

Nous avions alors cinq chiens et deux chiennes.

Chou quitta la maison pour devenir la propriété d'un de mes amis qui le soigna si bien qu'il mourut, jeune encore, dans une maison de santé pour chiens, parce qu'il avait été trop dorloté.

Li devint la propriété de mon ami *Luigi-Loir*, le peintre qui, lui aussi, habitait la campagne, mais assez loin et dans un pays entouré de bois. *Li* était un gaillard intelligent, mais très personnel, et voici le joli tour qu'il joua à la famille *Loir*. Il trônait dans cet intérieur où il n'y en avait que pour lui, lorsqu'un beau matin, un nouvel habitant fut introduit dans la maison; c'était un petit chien malingre qui n'avait rien d'extraordinaire, mais que les enfants se mirent à caresser. Cela ne faisait pas l'affaire de *Li* qui voulait monopoliser l'affection de ses petits camarades.

Un jour, il invita le nouveau chien à venir faire un tour avec lui dehors. Il lui fit faire une petite promenade de deux heures pour le mettre en confiance et le ramena à la maison. Le lendemain, il le pria à nouveau de sortir avec lui et l'emmena dans les bois. *Li* resta deux jours absent, il revint, mais seul, et il était facile de comprendre qu'il disait : « Je me suis débarrassé de ce gêneur qui n'avait rien à faire ici. Seul je suis et seul je veux rester. »

Quand Luigi-Loir me conta l'aventure, il ne put s'empêcher de me dire : « Vous m'avez fait cadeau d'un bel égoïste. »

Pat, le troisième de la portée, resta à la maison et devint *Boulard* à la mort de son père.

Ce dernier *Boulard* fut notre bon chien pendant quatre années.

'Attention, voici *Cassis* ou plutôt « *Monsieur Cassis* », car il était sensible à la déférence et préférait être appelé *Monsieur Cassis* que *Cassis* tout court. Il était fier de cette distinction.

Ce chien nous était échu d'une façon curieuse. Il avait été donné à un de nos voisins — nous habitions à cette époque Noisy-le-Grand — et ce monsieur n'aimait pas les chiens. Il l'avait pris parce qu'il ne pouvait pas faire autrement, mais il le traitait mal, il l'enfermait dans une sorte de poulailler, Cassis se lamentait et hurlait du matin au soir et du soir au matin; il ne lui convenait pas d'être mis sous clef. Comme je reprochais à ce voisin de maltraiter ainsi son chien, il me l'offrit et, pour faire cesser le martyre de la pauvre bête, j'acceptais de le prendre chez moi. Ce chien en eut une reconnaissance étonnante; il s'était mis à m'aimer et n'avait plus pour son ancien patron qu'un profond mépris qu'il manifestait tous les matins en allant déposer ses ordures devant sa porte.

Cassis était un barbet au poil long et noir; ses yeux étaient presque cachés par les poils qui retombaient devant ses paupières, et cependant, on distinguait son œil intelligent à travers le rideau qui le recouvrait.

Il était chasseur et quand il rencontrait des rats, il commençait par leur casser les reins. J'hésitais à le prendre en ma compagnie quand nous allions en promenade dans les environs de chasses gardées; son flair le dirigeait immédiatement du côté des remises de faisans, il les faisait se lever et sautant après eux, il leur attrapait les plumes de la queue.

Avec cela, coureur; quand il avait résolu de faire une escapade, il s'en allait pendant deux ou trois jours et, comme il était sensible aux reproches que nous ne manquions pas de lui adresser au retour de ces balades, il attendait qu'on le vienne chercher dans une rue des environs; des voisins obligeants venaient nous prévenir que *Monsieur Cassis* nous attendait et c'est avec de bonnes paroles que nous le décidions à rentrer au logis. Il était bien puni, parce que pendant trois jours il restait enfermé chez nous avec défense de sortir, soit en ville, soit dans la campagne.

Il avait une mémoire fantastique; il se souvenait de tout, absolument de tout. Un de mes neveux qui l'aimait et auquel il rendait sa sympathie partit au service militaire en 1913, il fit la guerre, fut blessé et fait prisonnier avec son ambulance. Il ne rentra en France qu'après l'armistice et ne vint nous voir qu'en février 1919. Il y avait cinq ans et demi que Cassis ne l'avait vu. A son entrée dans la maison, le chien fut pris d'une crise de tendresse, il sautait à la tête de mon neveu, lui léchait la figure et ses yeux étaient pleins de larmes de joie. Fernand, mon neveu, de son côté, était ému, il n'espérait pas avoir laissé un pareil souvenir dans le ciboulot de cet animal de Cassis.

Mon cabot avait la qualité d'humoriste ; il aimait faire des blagues et voici la petite scène que nous jouions tous les deux quand nous avions des invités chez nous.

— Cassis, regarde-moi, tu as mauvaise mine.

— Ouah !

— Fais-moi voir ta langue ? Elle est chargée !

— Oouah ! Oouah !

— Et ton pouls? Mais sapristi, tu as de la fièvre !

— Ouah ! ouah ! ouah !

Alors, je lui tapotais le derrière en lui disant : « Fiche le camp ! Tu n'as rien du tout. »

Il s'en allait en remuant son petit bout de queue qu'il avait courte, très fier d'avoir de la santé, et d'avoir diverti la galerie qui s'esclaffait.

Il vécut près de seize années et la fin de sa vie fut déplorable.

Il avait perdu le flair; il était devenu sourd et aveugle. Pour le faire manger, nous étions obligés de lui fourrer le nez dans sa pâtée.

Pour comble de malheur, il devenait paralytique, il marchait avec difficulté, se traînait dans l'intérieur de la maison, se cognant aux meubles et ne trouvant pas la porte qui était devant lui.

Il fallait abréger ses souffrances, mais personne chez nous ne le voulait tuer.

Pendant une des mes absences, car je ne voulais pas voir le drame qui allait se passer chez nous, ma femme pria un de nos voisins de venir l'achever.

Une fosse fut creusée assez profondément et l'on y descendit Cassis encore vivant; il eut conscience de ce qui allait arriver; ses yeux qui ne voyaient plus se tournèrent chavirés vers ma femme et notre voisin lui déchargea dans la tête une telle quantité de plomb qu'il fut fracassé. Il mourut sans souffrance.

*
**

Des amours de *Cassis* et de *Noisette*, chienne appartenant à l'un de nos voisins, naquit la jeune *Ziska*. Cette enfant était tout le portrait de son père. C'était une gamine au tempérament gai; elle avait une manie, elle aidait; quand elle me voyait dans le potager en train de cueillir des fruits ou des légumes il fallait qu'elle en fît autant; elle arrachait des branches aux pommiers en cordeaux et, très fière, les rentrait à la maison. Elle avait l'air de dire : « Moi aussi, je travaille! »

Elle mourut très jeune pour cette simple raison qu'elle avait voulu rester sage et cela avait détraqué sa santé.

*
* *

Au début de la guerre, en 1914, une dame que nous connaissions, dont le mari était mobilisé et qui, comme nous, avait l'amour des chiens se trouva fort embarrassée parce qu'elle en avait trop à nourrir, et que ses maigres moyens ne lui permettaient plus, hélas! de leur donner à tous la satisfaction qu'ils attendaient d'elle.

Elle vint nous trouver pour nous demander si nous voulions bien prendre une de ses bêtes, certaine qu'elle était que *Zette* serait bien placée chez nous.

Zette était une *bergère écossaise*. Belle fille de haute taille et merveilleusement construite. C'était une chienne de garde n'aboyant pas, mais prête à la défense au moindre mouvement esquissé devant elle,

Nous prîmes la chienne, mais au début, cela n'alla pas tout seul. Habituée qu'elle était à son ancien domaine qui n'était pas dans le patelin que nous habitions, elle fut dépaysée. Pendant les trois premiers jours, elle se terra au fond du jardin où nous étions obligés d'aller lui porter sa pâtée.

Enfin, elle s'enhardit, vint une fois sur le pas de la porte et, petit à petit, elle s'y fit et nous adopta.

Nous étions amis au bout de quinze jours de séjour. Nous ne la gardâmes pas longtemps.

Pour éviter des accidents, car des gamins sur la route pouvaient la taquiner, nous lui interdîmes les sorties dans le pays; il lui en survint un grand chagrin et elle en mourut.

*
* *

Le 6 janvier 1926, alors que Cassis était encore de ce monde, mais que nous ne conservions plus aucun espoir de le garder longtemps, un chien vint frapper à notre porte en nous priant de bien vouloir le recevoir chez nous.

Il était tout jeune, ses pattes étaient neuves et ses dents n'étaient pas encore percées ; il avait au cou un vieux ruban vert, il avait dû s'échapper de quelque part où il était retenu, peut-être avait-il été abandonné, car à cette époque, il y avait des inondations dans les environs, ses maîtres l'avaient peut-être laissé en fuyant les eaux qui envahissaient leur domaine. Nous n'avons jamais rien su de précis sur son origine. Toujours est-il que le gaillard s'était dit : « Cette maison me plaît, il doit y avoir là-dedans des gens qui aiment les chiens, allons-y ! » Et il avait frappé.

Ce chien est toujours avec nous. Nous lui avons donné le nom de Bari, nom du héros du livre de James Oliver Curwood ; il a accepté ce nom de baptême, il y répond comme il répond également aux noms de *Garçon* et de *Titi*.

Ce chien est tricolore, noir, blanc et feu, il n'appartient à aucune race et a l'allure d'un fox-terrier qui aurait une gueule de gavroche, c'est un chien qu'aurait dessiné Caran-d'Ache.

Il est plus humain que chien. Il comprend tout ce qu'on lui dit et rien n'est plus facile que de le comprendre ; il a le regard si expressif, il sait si bien dire ce qu'il veut dire qu'on ne peut se méprendre sur ses expressions.

Bari est ce que l'on peut appeler un as ! Ses mérites sont d'ailleurs reconnus par tous les habitants de Villiers-sur-Marne où nous demeurons. Ici, tout le monde le connaît par son nom. J'en parle si souvent que mes amis de Paris me demandent toujours des nouvelles de Bari.

Je vous ai dit en commençant ce récit sur les chiens que *Pitou*, celui que je possédais en 1868, était réactionnaire. *Bari*, lui, a une opinion diamétralement opposée, il est libertaire, il ne peut voir un chien à l'attache ou un chien tenu en laisse. Quand nous en rencontrons, il engueule celui qui est au bout du fil ; pas le chien, le détenteur de l'autre bout.

Il lui dit : « Veux-tu lâcher mon petit camarade ! »

C'est un amant de la Liberté.

Par-dessus le marché, il est anticlérical. Il ne peut voir un curé, et comme notre maison est sur le chemin du cimetière, lorsqu'un enterrement doit passer, nous enfermons Bari, il sauterait sur le curé et les enfants de chœur qui accompagnent le corbillard.

Il a également la phobie des pantalons blancs; il ne peut voir un homme ayant ce vêtement sans le harceler pour qu'il l'enlève, ce qui serait contrevenir à l'article 330 du Code, mais de ceci, Bari n'a cure : il a déclaré la guerre aux pantalons blancs.

Il sait ce que c'est que l'argent. Je vous ai dit que c'était un as. Il aime nous entendre remuer de l'argent, et lui qui est un grand massacreur de papier, lèche les billets de banque; il sait qu'avec cela on va acheter quelque chose dans le pays, il sait qu'on l'em-

mènera et c'est pour cette raison qu'il
aime l'argent.

Il nous traite d'égal à égal, quand
nous sommes à la maison, il se met sur
le même rang que nous, il nous vaut.

Il déjeune et dîne avec nous et
mange tout ce dont nous mangeons :
il n'est pas difficile.

Il a un goût très prononcé pour le
sucre et depuis quatre ans qu'il est de
la maison, il en a croqué des kilos.

Je déjeune de temps en temps à
Paris avec un de mes bons amis,
M. Auguste Cambon, ingénieur, qui
prend toujours son café sans sucre ; il
me remet les morceaux qu'il n'utilise
pas et je les fourre dans ma serviette
de maroquin.

Quand je rentre à la maison, je dis à
Bari : « J'ai vu M. Cambon aujour-
d'hui », il sait ce que cela veut dire, il

met son museau entre les volets de ma serviette, il sait qu'il y a du sucre pour lui et lui-même se sert car il va au fond de ce portefeuile pour chercher ce qui est là à son intention. Je vous l'ai dit, Bari est un as.

A la première heure, quand je me lève, je vais lui ouvrir la porte de la rue pour qu'il aille faire un petit tour; il reste cinq ou six minutes dehors, pas plus, il revient, se met sur le pas de la porte et attend qu'un de ses clients passe, car il a ses têtes; on lui revient ou on ne lui revient pas, et quand il voit passer un de ses amis, il lui demande poliment l'ouverture de la porte; ils y sont tellement habitués que les derniers qui passent sont étonnés de voir que quelqu'un les a devancés. *Bari* ne couche pas sur la terre; c'est trop bas pour lui, et pas assez doux, il lui faut des fauteuils avec des coussins pour passer la nuit.

Le soir, avant de monter nous coucher, il y a une petite cérémonie obligatoire. Notre ami, dans un fauteuil, attend notre bonsoir, il tend la patte droite à ma femme, puis après il y va de la patte gauche pour moi.

Nous nous amusons quelquefois à ne pas avoir l'air de penser à lui et nous essayons de passer sans le voir; mais cela ne fait pas son affaire, il saute à bas du fauteuil et nous lisons dans ses yeux cette phrase : « Dites donc, vous, vous manquez à tous vos devoirs. Vous m'oubliez, venez me donner vos mains ». Il regrimpe sur le fauteuil et la cérémonie a lieu.

Nous espérons le conserver long-temps encore, car si nous arrivions à le perdre, nous nous trouverions dans la situation d'un père et d'une mère qui viennent de voir leur enfant disparaître. D'ailleurs Bari, bien vivant, ne demande qu'à continuer une existence qui lui plaît.

LES CHATS ET LES CHATTES

Les artistes, les amateurs de belles choses et les amoureux de la Beauté adorent les chats pour cette raison qu'avant d'être un animal domestique, le chat est un objet d'art. C'est un joli bibelot qui sait prendre des attitudes si parfaites que tous ceux qui peuvent comprendre le Beau sont obligés de convenir qu'il est le charme des yeux et qu'un beau chat, tout comme un joli paysage, a le don de faire vibrer les sentiments que nous pouvons posséder et qui nous permettent de déclarer : « ceci est vraiment beau ».

Le chat se rend parfaitement compte

du rôle qu'il a à jouer auprès de nous, il sait ce qu'il vaut et c'est pour cette raison qu'il est presque toujours un égoïste complet.

Il se laisse aimer et comme tous les êtres pour lesquels nous manifestons une passion, il devient tyrannique, il est notre maître et nous le fait sentir; au besoin, il devient despote, impose ses volontés, c'est nous qui lui obéissons.

Un régal pour les yeux devient chose si rare que nous aurions tort de nous plaindre de notre faiblesse.

J'ai toujours eu des chats auprès de moi et avant de vous parler de mes petits amis, je tiens à conter ce que j'ai vu ailleurs que chez moi; cela a l'air d'une exagération et, cependant, j'affirme l'authenticité du fait.

La chose se passait à Paris ; un de mes bons amis qui avait un faible pour les chats, possédait un matou de forte taille qui se nommait Joseph.

Mon ami Robert Oudot sortait peu de chez lui, mais son chat ne le quittait jamais, quand il allait faire un tour sur les boulevards, Joseph le suivait tout comme s'il avait été un chien ; Oudot s'installait à la terrasse d'un café, Joseph sautait sur une chaise à côté de son maître et le regardait boire son apéritif, mais comme il était exigeant, il réclamait une consommation et c'était un lait que Joseph prenait chaque fois qu'il allait au café.

*
* *

A Paris, chez mes parents, nous
avions toujours un chat, mais trop
jeune pour prêter une attention sou-
tenue à leurs faits, gestes et ébats, je
n'ai conservé dans ma mémoire que
les noms des petits compagnons de ma
jeunesse, il est inutile de vous en donner la liste, cela n'aurait aucun
intérêt. Je n'ai véritablement étudié
les félins que du jour de mon installa-
tion dans la banlieue parisienne et j'ai
été frappé par le plaisir que je trou-
vais à leur contemplation et surtout
par les détails de la vie de ces animaux.

Nous n'avons jamais recherché les
chats de race pure et je me suis con-
tenté d'élever des chats et des chattes

de races communes et ordinaires.
Nous les trouvons jolis comme ils sont
et cela suffit à notre bonheur.

*
* *

« *Poucette* », petite chatte au poil
noir, nous fut apportée dans un car-
ton à chapeau ; elle sortait de la boutique d'une modiste parisienne; elle
nous arriva parfumée avec au cou un
ruban de satin vert, et la vue de la
campagne fut pour elle un éblouisse-
ment. Elle qui, comme horizon,
n'avait eu à contempler que l'intérieur d'une boutique et de temps en
temps les rares passants qui circu-
laient dans une rue étroite d'un
quartier de Paris assez retiré, elle,
dis-je, pour qui la Nature était une
révélation, en usa et en abusa; notre

jardin qui, pourtant, avait deux cents mètres de profondeur n'était pas assez grand pour elle, et puis des arbres. Des arbres! Elle n'avait jamais vu ça. Quelle joie de grimper dans les branches et de faire des exercices d'équilibre le long de certaines de ces branches et dans les branches il y a des oiseaux, quelquefois des mulots. Alors, là, c'est la nouba. *Poucette* s'en paye.

'A la campagne, il y a des chats, ce qu'elle ne rencontrait jamais dans la boutique de la modiste; elle en profita pour nous gratifier de nombreux chatons; quand la chose était possible, nous en placions à l'avance, pensez donc que *Poucette* était si jolie qu'elle ne pouvait faire que de beaux enfants, mais nous ne pouvions tout garder, quand dans une portée il y en avait

six ou huit, il fallait en noyer quatre
ou cinq; nous avions pitié d'elle, elle
n'aurait pu allaiter tout son petit
monde, elle aurait été vite épuisée.

Tant que les petits ont besoin de son
lait la chatte est bonne mère; elle les
soigne avec dévouement, mais quand
ils ont deux mois, elle les envoie se
promener tout seuls et les prie de
chercher leur nourriture, car il lui
faut courir à des amours nouvelles et
puis les petits qui deviennent grands
doivent apprendre à se suffire à eux-
mêmes.

« *Mouston* » fils de *Poucette* et probablement d'un chat tigré, n'avait
rien de sa mère; il avait un pelage gris
moucheté et il méritait ce nom de

Mouston parce qu'il était la paresse même. Si vous avez lu « *Les Trois Mousquetaires* » d'Alexandre Dumas, vous devez vous souvenir que Porthos avait un laquais qui se nommait « *Mousqueton* », si économe de ses paroles que pour abréger ses discours, il avait supprimé une syllabe de son nom et se disait tout simplement *Mouston*.

Notre chat était un fieffé paresseux, fort mangeur comme le valet de Porthos, il passait la meilleure partie du temps à dormir ou à se rouler sur l'herbe.

Il n'était pas mauvais garçon, non, il était même très gentil avec nous, mais juste ce qu'il fallait et pas plus.

Quand des gens l'interpellaient, il avait une réponse uniforme; il ouvrait sa petite gueule en forme d'M, et personne ne s'y trompait. « Mais votre chat vient de me répondre..... Parfaitement! Ne cherchez pas à comprendre pourquoi, il est probable que votre conversation l'intéressant médiocrement, il vous donne son opinion avant que vous n'alliez plus loin dans votre discours. »

Mouston était casanier, il aimait sa maison et ne voulait pas en démarrer. Comme un jour il nous fallait déménager de Viroflay où nous habitions, pour aller à Noisy-le-Grand, de l'autre côté de Paris, nous avions installé le chat dans un panier pour opérer le transfert, mais notre camarade ne voulait rien savoir et au moment du départ, il souleva le couvercle de son petit wagon, rentra dans la maison et alla se cacher dans la cave; ma femme fut obligée, deux jours après, de faire le voyage de Noisy-le-Grand à Viroflay, ce qui n'est pas une petite affaire et cette fois, le retrouvant un peu amaigri par deux jours de jeûne, elle le prit par son faible, la gueule; il se précipita sur le mou qu'on lui offrait et cette fois, bien ficelé dans une nouvelle mallette, il fit le voyage, mais il eut du mal à s'habituer à sa nouvelle demeure. Enfin, il s'y fit et se remit à flemmarder.

*
* *

Ce fut « *la Reine Moutte* » qui succéda à nos amis *Poucette* et *Mouston* quand ils quittèrent ce monde pour aller dans le paradis des chats.

La Reine Moutte était une drôle de petite bonne femme; elle avait un

petit complet noir et blanc qui était
assez baroque car sur la tête elle
s'était flanquée une sorte de calot noir
qui lui masquait l'œil gauche et lui
donnait un petit air crâne qui s'alliait
gentiment à son genre. Oh! ce n'était
pas une beauté, mais elle était d'une
agilité et d'une adresse extraordinaire; avec cela, chasseresse de tout
premier ordre, elle a détruit une
quantité considérable de gibier, les
rats, les souris et les mulots en ont vu
de dures avec elle. Elle avait une
patience admirable; elle se mettait à
l'affût à côté des trous des rongeurs;
elle attendait là des heures pour arriver à pincer les délinquants, elle ne
les manquait pas et tous les matins
nous trouvions sur le perron, en une
sorte de tableau de chasse, les
victimes de la nuit étalées bien en

ordre; elle tenait à nous faire voir
qu'elle avait fait du bon travail,
c'était soigneusement aligné, et, dès
le matin, elle venait jouir de notre
épatement quand nous constations le
résultat de ses hauts faits.

Là où elle manquait un peu de
logique, c'était lorsqu'elle allait se
tapir au pied d'un arbre pour sauter
sur les petits oiseaux qui venaient
picorer la provende des poules.
Comme son pelage était presque tout
blanc, les petits oiseaux malins se
disaient : « Ce bloc enfariné ne nous
dit rien qui vaille » et ils ne s'aventu-
raient pas trop près de la *Reine
Moutte* qui, lorsqu'elle bondissait,
ratait son coup neuf fois sur dix.

Elle eut une fin lamentable; une
nuit qu'elle avait été à un rendez-
vous pris avec un camarade chat, elle

fut happée par un chien de garde très féroce qui lui cassa à moitié les reins et lui laboura le visage; elle eut la force de revenir jusqu'à la maison. Ma femme fit ce qu'elle put pour guérir ses plaies, mais la malheureuse avait été sérieusement attigée; nous dûmes la faire achever et elle repose depuis dix ans dans le cimetière que nous avons réservé dans notre jardin aux victimes du devoir.

Les successeurs de la pauvre enfant furent *Rico* et *Nette*. *Nette* est toujours notre chatte et nous en parlerons dans un instant.

L'un et l'autre, bien que n'appartenant pas à la même famille, ils étaient issus de deux mères qui n'habitaient pas le même immeuble; l'un et l'autre étaient noirs, un beau pelage uni, mais la femelle a une petite bavette blanche très peu visible.

Rico était un coureur; il s'absentait très souvent ayant des affaires de cœur un peu partout dans le quartier; comme il était beau, il était recherché par le beau sexe.

Un jour, il est parti et n'est point revenu.

Peut-être a-t-il été pincé dans un piège que les jardiniers placent pour que les matous ne ravagent pas leurs plates-bandes ou plutôt, et c'est ce que je crois, il a dû être chopé par un misérable qui l'a mis à mort.

Nous avons près de chez nous deux gaillards qui tirent de sérieux bénéfices de la vente des peaux de chats.

A certaines saisons, quand le pelage

est solide et luisant, ils se mettent en chasse et zigouillent les matous qui peuvent venir à proximité de leurs collets. Quand les pauvres chats tombent dans leurs traquenards, c'en est fait de ces pauvres bêtes.

Ils ne reviennent jamais dans la maison amie où ils vivaient si heureux.

*
* *

Le sort de *Rico* a été partagé par *Jojo*.

Jojo, fils de *Nette*, était un superbe animal revêtu d'un costume complet gris perle.

Nous avons, à deux pas de chez nous, un gaillard vêtu de même étoffe dont notre chatte s'était éprise.

Jojo était un très bon type, doux, aimable et très caressant. Malheureusement, il était trop confiant et certainement son pelage faisait envie au chasseur de fourrures. Un matin, nous l'avons appelé en vain pour lui remettre sa portion de mou, *Jojo* n'a pas répondu.

Deux jours après, nous étions fixés sur son sort. Nous ne l'avons jamais revu.

Pour nous consoler, *Nette* nous a donné de nouveaux chats gris perle. Mais nous ne conservons plus de mâles, nous les gardons un certain temps et nous les offrons à nos amis et connaissances, ils trouvent toujours preneurs, car ils sont superbes.

Nous avons cependant conservé une chatte habillée chez le même tailleur, elle a nom « *Jiji* ».

Avec *Nette* ce sont maintenant nos deux compagnes chattes. Mais la mère et la fille continuent la bonne tradition, elles pondent à tire-larigot. Deux fois par an, nous avons des portées à distribuer; parce que le complet gris est à la mode et elles fabriquent en séries.

Quand elles sont pleines, il faut que l'on s'intéresse à leur sort; elles se pelotonnent sur nos genoux et grimpent sur nos épaules. Il faut les caresser et au besoin les encourager à supporter leur fardeau.

Chez nous, toutes les chattes ont érigé la caisse à charbon en Maternité. C'est à cet endroit qu'elles font leurs petits et quand les deux chattes les ont en même temps, elles se casent dans ce cagibi après avoir fait un fond de papier que nous tenons à leur disposition; elles nourrissent indistinctement les petits de l'une ou de l'autre;

à cette époque de leur existence, elles s'entendent parfaitement ; mais il n'en est pas de même quand elles sont libres de maternité. Et nous voyons de temps en temps *Nette* flanquer une tripotée à sa fille qui, en enfant respectueux ne se permet pas de répondre à la correction qu'elle reçoit.

*
* *

Chez les chats, tout n'est qu'habitude.

Ainsi, chez nous, il est convenu que *Nette* mange son mou sur le fourneau et *Jiji* sur une table, vous ne les ferez pas consommer ailleurs.

Mais quand nous sommes seuls, ma femme et moi, pour prendre nos repas à la maison, les deux bêtes ne nous quittent pas. *Nette* monte sur la table et sa grande joie est de voler ce qui se trouve sur nos assiettes. Nous avons essayé de la corriger de ce vice, nous ne sommes arrivés à rien. *Nette* est voleuse et restera voleuse.

Jiji au contraire reste à terre, elle nous turlupine bien un peu en nous griffant le long des jambes, pour attraper quelque chose à manger; mais elle ne vole point et ne montera jamais sur la table.

Avant un mois, *Nette* nous donnera à nouveau des petits chats, s'ils sont gris, et nous espérons qu'ils le seront, nous avons clients pour trois chats.

Chez nous, on se fait inscrire à l'avance, mais nous ne les donnons qu'à des gens que nous savons des êtres bons, nous ne voulons pas le malheur de ces chats.

Soyez bons pour les félins ! Ils sont si jolis !

CHIENS ET CHATS

Vous entendez dire très souvent quand on parle de gens qui se disputent : « Ils s'entendent comme chat et chien » et de là vous concluez que les chiens et les chats font toujours mauvais ménage. C'est une erreur. Quand les chiens et les chats habitent sous le même toit, lorsqu'ils ont été élevés ensemble, ils vivent en parfait accord, ils éprouvent même les uns pour les autres de la sympathie. Au besoin, ils se rendent des services mutuels.

Et pour cela, point n'est besoin

d'un dressage, la chose chez eux devient naturelle.

*
* *

Je vous ai déjà conté la camaraderie du trio. *Rip*, *Nègre* et une chatte dont je ne me souviens plus du nom; ils jouaient ensemble et jamais n'avaient d'accès de mauvaise humeur à l'égard de l'un ou de l'autre.

Voici un acte de tendresse à l'actif de Madame *Boule*. La chatte *Poucette* avait très souvent des nichées de chatons et nous lui en conservions toujours trois ou quatre; or, il arrivait que parfois elle avait des courses à faire et quand elle s'absentait, elle portait ses petits à *Boule* pour qu'elle les lui garde et les surveille. La chienne alors prenait les petits, les mettait entre ses pattes et personne, vous m'entendez bien, personne, pas même nous, n'avait le droit de s'approcher de la petite famille; elle avait conscience de sa responsabilité; elle ne les rendait qu'à la mère quand celle-ci revenait d'expédition.

Ce que les chiens ne supportent pas, ce sont les chats étrangers, ceux auxquels ils n'ont pas été présentés, mais quand ils vivent d'une existence commune, il n'y a jamais la moindre anicroche dans leurs bonnes relations.

Quand *Nette* met ses petits au monde, la première visite qu'elle reçoit dans sa caisse à charbon est celle de *Bari* qui vient prendre de ses nouvelles, et qui, après avoir jeté un coup d'œil sur ce qui vient de paraître la regarde en lui disant avec ses yeux : « Mâtin ! tu as fait là de bien jolis gosses — ils se tutoient — je te fais tous mes compliments » et ce disant, il lui lèche le museau et donne aux chatons son premier baiser de chien.

J'ai pour habitude, en été, de me lever de très bonne heure.

« Qu'appelez-vous de très bonne heure ? » me dit un lecteur indiscret.

Je me lève à cinq heures du matin et en descendant, comme je suis le premier éveillé, il m'est donné de contempler tous les jours un spectacle ravissant. Ce sont les bonjours qu'échangent mes deux chattes avec mon chien. C'est chez eux un rite auquel ils ne manquent jamais. Ils se lèchent et se pourlèchent à tour de rôle ; ils se font part de leur tendresse mutuelle et de leur indéfectible amitié, c'est vraiment une chose touchante. Il faut voir comment *Jiji* vient se frôler le long des pattes de *Bari* et levant la tête pour rencontrer la bouche (pour mon chien je dis la bouche) de son ami, elle se paye une tournée de caresses qui n'en finit plus.

*
* *

Quand on procède à la distribution des vivres, *Bari* attend patiemment que les chattes soient servies, car il est galant ; qu'il soit porté à l'ordinaire de la viande ou du lait, il sait qu'il sera servi à son tour et il ne s'impatiente pas. Il ne touchera pas à la part des chattes. Je ne vais pas jusqu'à dire que *Nette* en ferait autant; elle est malhonnête et voleuse et ce serin de *Bari* pour ne pas contrarier sa petite amie se laisserait faire.

Une chose curieuse est la distribution de la pâtisserie, car .nes gaillards ont un goût très prononcé pour les gâteaux.

Les chattes ne mangent que des gaufrettes et le chien se réserve les « Petit-Beurre ». Ils no se trompent point et chacun prend selon son goût. Vous pouvez tendre à *Bari* une gaufrette, il vous répond : « Je vous remercie beaucoup — car il est poli et bien élevé — mais ceci est réservé à mesdames *Nette* et *Jiji*; donnez-moi un petit-beurre, s'il vous plaît? »

Jiji adore le pain beurré, mais encore faut-il qu'il y ait beaucoup de beurre dessus; si elle trouve qu'il n'y en a pas suffisamment, elle laisse le morceau qu'on lui a remis et *Bari* pour ne pas qu'elle soit grondée vient prendre ce qu'elle a laissé, ce qu'il ne se serait pas permis tant qu'elle le tenait dans sa gueule.

*
* *

Il y a à la maison quelques jouets pour les animaux. *Bari* a à sa disposition deux sortes de joujoux, un ballon et un vieux bas noué par les deux bouts; ce dernier jouet est dénommé par nous et lui sous le qualificatif de « tirelibibi ». Quand on dit à *Bari* : « Va me chercher ton ballon! » il le rapportera et ne confondra pas avec le tirelibibi et *vice-versa*.

Il invite quelquefois *Jiji* qui est

jeune encore à une partie de ballon et il faut les voir jouer ensemble. Vous croyez que je vous raconte une chose impossible, je vous affirme que cela est, ils font des parties de ballon tout comme des personnes qui joueraient au tennis.

Et puis, il est un autre jeu qui s'appelle « Le cirque ».

Cela consiste à faire le tour des plates-bandes avec une vitesse vertigineuse. *Bari* et *Jiji* se livrent à ce petit exercice et jamais ils ne sortent des allées, ils ne montent point sur les fleurs, ils savent qu'ils ne le doivent point faire; ils respectent notre jardin, car nous tenons à nos fleurs.

*
* *

Croyez-moi, les chiens et les chats s'entendent très bien entre eux, quand ils se connaissent.

Il ne suffit que de les acclimater tout jeunes ensemble et alors pour eux la vie est belle.

LES LAPINS

Et le lapin, nous dit le livre de cuisine,
Demande qu'on l'écorche vif.

C'est ce que dans *La Revanche des bêtes* prétend notre ami Emile Goudeau; mais il était périgourdin et il exagérait un peu.

Le lapin domestique est assez malheureux à l'état naturel sans avoir la prétention de réclamer ce surcroît de souffrance avant de quitter notre vallée de larmes.

Non, le lapin ne demande pas cela et ce pauvre petit animal souffre assez pendant la durée de sa vie pour que nous nous permettions aujourd'hui d'essayer de vous intéresser à sa triste existence.

Oh! quand le lapin est de garenne, il est heureux comme un petit roi et de celui-là, on peut dire que c'est un fameux lapin; c'est un spectacle charmant que de voir ces petits animaux faire des courses et des cabrioles au sortir du terrier; il n'a à craindre que le chasseur, mais il connaît mille ruses pour éviter de recevoir le plomb meurtrier et c'est un jeu pour lui que de faire la nique à son poursuivant.

Il se parfume avec un herbage odorant, il sait choisir les essences et son existence est toute de joies et de plaisirs.

*
**

Mais quand le lapin est lapin de choux!!!

Plaignez! Plaignez son triste sort!

Les éleveurs ont la déplorable habitude de les faire tenir dans des clapiers où ils sont à l'étroit. Enfermés dans un mètre carré de logis, ils ont juste la place nécessaire pour se retourner de temps en temps. Leur seule distraction est de manger des herbes ou parfois du grain et du son, et de faire des chapelets de crottes; car le lapin qui est très prolifique a également le don de produire une quantité de petites billes qui, si elles étaient plus dures, amuseraient les enfants qui pourraient jouer à la bloquette avec la production du lapin.

*
* *

Je n'ai jamais eu la cruauté d'enfermer mes lapins dans des locaux étroits et le premier en date qui fut mon premier élève de la gent lapinière était un animal tout noir que nous avions baptisé « Nègre »; il était en liberté dans notre jardin, il jouait à saute-mouton avec un chien et un chat qui étaient ses compagnons et avec lesquels il s'entendait à merveille, je l'ai déjà dit, mais il ravageait mes légumes, je ne pouvais arriver à rien de bon avec mes choux et mes salades, et je me vis dans l'obligation de faire tuer le pauvre Nègre.

Je n'ai jamais sacrifié moi-même une bête, c'est plus fort que moi, je ne peux pas tuer, je ne suis pas né assassin. C'est une main étrangère qui est chargée chez moi des exécutions de lapins; j'ai toujours eu des voisins qui ont rempli l'office de Deibler.

Nous avons toujours des lapins, parce qu'à la campagne, il faut en avoir pour les cas imprévus où des amis viennent vous demander à déjeuner, vite on tue un lapin et la gibelotte est un plat que les Parisiens ne dédaignent pas.

Si chez moi, il y a du lapin sur la table pour les invités, moi je n'en mange point et ce pour deux raisons :

D'abord, je n'aime point la chair de cet animal et puis j'aurais du chagrin si je devais contribuer à la disparition de cet ami que je plains toujours.

*
* *

Depuis deux ans, tous les lapins que nous avons eus se nomment « Sido ». La première mère avait été baptisée Sidonie, et les enfants qu'elle nous a donnés sont devenus des petits Sidos.

Chez nous, les camarades lapins ont ce qu'on peut appeler la vie large; nous leur avons réservé un grenier de trois mètres de long sur deux de large, ils ont donc la possibilité de gambader à l'aise et ce grenier est orné d'une assez large fenêtre grillagée, ce qui permet aux locataires d'avoir une distraction; ils peuvent voir tout ce qui se passe dans le poulailler et dans le jardin; il n'est pas rare de voir sur l'appui de la fenêtre trois ou quatre lapins en train de se rincer l'œil.

Les mères lapines ont une sorte d'alcôve avec de la paille, elles y installent leur nid qu'elles garnissent de poils qu'elles s'arrachent sous le ventre au moment de leur accouchement et les jeunes lapins sont là bien au chaud et à l'abri des intempéries.

Pour arriver à ce grenier, il faut monter à l'échelle qui est posée devant la porte et deux fois par jour, nous allons leur porter la provende soit de grains, soit d'herbages. Mon chien Bari, dont je vous ai parlé, a pris les lapins en affection et ma femme n'a qu'à dire : « Allons voir Sido », aussitôt Bari monte à l'échelle ; il est le premier à aller voir si tout se passe bien dans le grenier des Sidos, et des pleurs de joie mouillent ses paupières quand il peut contempler ses petits amis.

Sont-ce bien des pleurs de joie?

Je n'ai jamais voulu me risquer à le laisser entrer dans le grenier, le jeu qu'il y amènerait serait peut-être un carnage, il est bon, foncièrement bon, mais il ne faut pas tenter le diable et sa nature pourrait lui jouer un vilain tour qui serait funeste aux lapins.

*
* *

Je vous ai dit que nous avions des lapins pour parer au manque de nourriture quand nous avons des invités. Ils sont également chez nous pour un autre usage. Ma femme aime les fourrures, et vous savez qu'aujourd'hui avec le pelage du lapin on en est arrivé à faire des merveilles dans l'art de la pelleterie.

Aussi, quand on sacrifie un petit

Sido, la peau est remise au tanneur,
puis au teinturier, enfin au fourreur
et les souvenirs de nos lapins se
retrouvent sur les manteaux de ma
femme ou bien les peaux deviennent
des cols ou des étoles. Pauvres lapins!
Quand vous êtes domestiqués, vous
n'avez pas l'air d'être bien malins;
mais vous devez tellement vous embêter que je comprends vos attitudes
moroses et renfermées.

Je vous plains de tout mon cœur.

POUSSINS, COQS ET POULES

Une heure après sa venue au monde, débarrassé de sa coquille d'œuf, son vêtement de duvet proprement séché, le poussin apparaît comme un être complet, il a l'œil vif, futé et malin; il a l'air de tout savoir sans jamais avoir rien appris, il a même l'apparence d'un monsieur qui vous dit : « Si vous avez besoin de renseignements, adressez-vous à moi et vous serez exactement fixés! »

Pendant sa toute première enfance, c'est-à-dire pendant une période de deux mois, il conserve cette allure, mais hélas! en accumulant les jours et les mois, il perd tout son premier charme et nous devons constater qu'en prenant de l'âge, le poussin, qu'il soit coq ou poule, n'a plus les qualités que nous lui avions reconnues à son arrivée dans la vie.

Depuis plus de quarante ans que je me livre à l'élevage de la volaille, il m'a été donné de constater qu'il existe peu de sujets d'élite dans la gent coquelinière ou poulardière, au point de vue intelligence. Cependant, de temps en temps, mais rarement, il nous est arrivé de faire une sélection dans les deux mille bêtes qui ont passé leur existence dans notre poulailler et c'est tout au plus une vingtaine de bêtes intéressantes que nous avons pu distinguer dans ces deux mille animaux.

*
* *

Les coqs sont avant tout poseurs; en général, ils se croient tous très beaux et ils ont l'amour de leur petite personnalité. Si nous les avions habitués à se regarder dans des glaces, ils passeraient leur temps à se mirer et par de sonores cocoricos, ils clameraient à l'Univers entier : « Admirez-moi, voyez comme je suis beau, est-il rien de plus brillant que mon plumage? Mon éloquence est remarquable, je suis plein de talent. »

Et voilà qui les rapproche de bien des oiseaux humains de notre connaissance, qui se croient de jolis cocos, qui sont de parfaits arrivistes sans aucune espèce de valeur, mais qui se font courtiser grâce aux faveurs dont ils disposent; au fond ce ne sont que des médiocrités qui ressemblent beaucoup aux coqs dont nous parlons.

Le coq a pourtant une grande qualité, il est galant avec les poules. Sitôt qu'il découvre un petit insecte ou un grain de mil, il appelle ses poules pour qu'elles viennent profiter de l'aubaine. Il ne se permet de prendre de la nouriture que lorsque ses poules sont rassasiées.

Il nous est un exemple frappant de la chimère que nous entretenons sur la suppression de la guerre.

Ce mal est dans la Nature, sitôt que deux coqs sont ensemble dans le même endroit, ils se battent, soit pour la possession d'une poule, soit même pour rien du tout, pour le plaisir de batailler et ils s'acharnent l'un contre l'autre avec une sauvagerie désespérante. Il est très rare de rencontrer un esprit placide chez un coq, ils sont tous du même modèle, c'est un instinct qu'il est impossible de corriger.

Quels coqs avons-nous eu qui sortaient de l'ordinaire?

Oh! bien peu. Nous avions un sujet de taille formidable appartenant à la race Langshan (je ne suis pas sûr de l'orthographe) nous lui avions donné le nom de « Pantalzar » parce qu'il avait les pattes couvertes de plumes, ce qui lui donnait une dégaine spéciale : il semblait qu'il eût de vastes pantalons. Celui-là était vraiment beau, mais il ne faisait pas étalage de sa parure; il possédait une apparence de philosophe et ne cocoritait que rarement; ce devait être un tragédien, il ronchonnait perpétuellement, il semblait répéter un rôle comme s'il allait passer un examen au Conservatoire ou débuter à la Comédie-Française; ce devait être un amoureux de l'Art pour l'Art.

Il finit à l'âge de deux ans dans un réveillon monstre. Nous l'avions donné à des amis qui réunissaient chez eux, dans la nuit du 24 au 25 décembre, une vingtaine de camarades, il y en eut pour tout le monde, il en resta même pour le déjeuner du lendemain.

Et puis, nous avons possédé un tout petit coq qui avait reçu le nom d' « *En Sucre* », parce qu'il ressemblait à ces coqs en pâte de sucre que l'on voit chez les confiseurs. Il avait une nature remuante, ce petit bout de rien du tout courait après toutes les poules, il ne devait y en avoir que pour lui. Il essayait de hurler des cocoricos qui étaient d'une faiblesse extraordinaire, mais qui pour lui constituaient des chants de triomphe; il était joli; il n'était pas beau, mais c'est un des rares gallinacés de son espèce que j'ai vu familier avec nous. Il est mort tout jeune, d'une mort naturelle, nous n'avons pas voulu lui donner le tombeau de nos abdomens.

*
* *

Nous avons eu quelques poules plus intéressantes.

« Mandarine », poule de la race cochinchinoise, qui, pataude, ne pouvait pas se percher. Ma femme la prenait dans ses bras pour la mettre dans son nid; elle ne gloussait pas, elle avait un petit vocabulaire à elle, et quand elle nous parlait, nous la comprenions très bien, familière comme peu de ses congénères, elle venait au-devant de nous quand nous l'appelions, elle savait son nom et quand on le prononçait, elle répondait : « Ne vous en faites pas, je viens ! » Et elle venait.

Elle a vécu une longue existence de poule, elle est morte de sa belle mort et nous lui avons fait de dignes funérailles, mais sans fleurs ni couronnes, bien que ce fut un enterrement de première classe.

Une autre poule que nous avions surnommée « la dame de la Croix-Rouge » avait le sentiment de l'entr'aide.

Quand, pour une raison ou pour une autre, une mère abandonnait ses petits, elle les recueillait et les soignait avec tendresse ; elle ne quittait ses adoptés que pour en prendre d'autres à garder

et à élever. C'était un modèle de
dévouement.

Il est des poules qui sont plus ou
moins bonnes mères.

Il arrive très souvent que l'on donne
à des poules des œufs de canes à
couver. Certaines acceptent cette
maternité, souvent avec regret, mais
il en est d'autres qui ne veulent rien
savoir et quand, à l'éclosion, elles
constatent que les petits qui viennent
ne sont pas de leur famille, impitoyablement elles les massacrent. Et
voilà toute une couvée perdue.

Pour l'instant, nous avons un poussin rigolo. Il a nom « Robinson », parce

qu'il est venu seul d'une couvée de douze œufs, les autres ayant été étouffés dans la coquille à cause d'un orage de tout premier ordre qui a précédé la nuit de l'éclosion.

« Robinson » est donc tout seul. Est-il coq ou poule? Nous n'en savons rien encore, il n'est pas assez dessiné pour que nous puissions nous rendre compte de son sexe; il n'a pas un mois, mais ce bougre-là va, vient et se démène dans le poulailler au milieu de tous les autres, grands et petits; il n'a peur de rien, les grands coqs ne lui en imposent pas, ce qui nous donne à penser que ce doit être une poulette, car les femelles, quand elles sont jeunes, sont moins godiches que les mâles.

Il fait notre joie, et comme nous sommes des êtres sensibles, il est en train de gagner son brevet de longue vie. Quand un poulet nous intéresse, nous lui faisons grâce et la casserole ne le reçoit pas dans son flanc.

Pardonnez-moi de vous quitter, je vais rendre visite à « Robinson ».

LES CANES ET LES CANARDS

C'est avec intention que je donne le
pas aux femelles sur les mâles pour
cette raison que, dans la race coincoin-
nante, la cane est supérieurement intelligente, tandis que le canard est classé
par moi dans la catégorie des arrivistes
épateurs qui n'ont rien dans la cervelle
et qui se croient des êtres d'exception.
Combien en est-il dans mes connaissances qui mériteraient le surnom de
« canards ».

Il se croit beau, irrésistible; il pro-
mène sa superbe en tenant la tête
haute, incapable de pousser un coin-
coin distingué. Ce mâle a dans le gosier

un cri rauque et sifflant, il attend la
supplication de la cane pour lui donner
de l'amour, car dans cette catégorie de
bêtes, c'est la femelle qui réclame la
satisfaction de ses sens; le mâle condes-
cend à lui donner ce qu'il faut et encore
c'est tout juste, car souventes fois,
monsieur n'est pas disposé, il dédaigne
de répondre aux avances faites par
madame; aussi, quand on tient à avoir
des œufs fécondés, il est utile d'avoir
plusieurs mâles dans une canarderie.
La jalousie est chose inconnue chez les
mâles, ils se prêtent mutuellement
assistance et quand, par hasard, il en
est un disposé à remplir son office, les
camarades canards viennent l'aider en
appuyant le bec sur la tête de la femelle
tandis que l'amoureux — ce n'est
qu'un euphémisme — rend à la cane le
service que cette dernière réclame, car

c'est toujours elle qui demande de l'amour — tout comme la belle Hélène — il lui en faut, elle en veut, elle en demande. Elle tourne autour du canard en faisant la belle, elle pousse son petit coin-coin amoureux et, dans le regard du mâle, il est facile de lire sa pensée : « Sacrifions-nous à cette putain! » Monsieur le canard n'a aucun respect pour madame la cane.

*
* *

Si le canard ne comprend pas grand'-chose à ce que lui dit un homme, la cane, elle, comprend tout ou à peu près tout. Nous en avons fait l'expérience.

Pendant une période de quinze années, nous avons eu des quantités de canes; nous avons dû nous priver de cette compagnie pour deux raisons :

1° Les canes et les canards sont des animaux malpropres qui, du matin au soir, se permettent des incongruités qui répandent des odeurs méphitiques.

2° Nous avions trop de sympathie pour les canes, nous ne pouvions nous décider à les tuer pour les manger et nous les laissions mourir de vieillesse.

Il faut de l'espace aux canes et aux canards pour qu'ils puissent vivre leur vie avec joie. Nous avions réservé trois cents mètres de terrain à la disposition de la gent canardière; nous leur permettions même de venir partager notre vie dans l'intérieur de la maison; il y a sept marches à monter pour venir du jardin chez nous; il n'était point rare de nous voir à table avec une demi-douzaine de canes à nos côtés.

Si les canards ne comprennent pas ce que l'homme cherche à leur faire

comprendre, la cane au contraire saisit
tout ce que nous lui disons. A un certain moment, nous avions une quin-
zaine de canes qui, toutes, avaient leur
nom. Quand on en appelait une, elle
répondait et ce n'était pas une camarade qui venait prendre sa place.

Nous en avions deux cependant qui
faisaient acte d'autorité parce que
doyennes de la colonie; elles se nommaient *Gigue* et *Dondon*. Elles sont
mortes chez nous de mort naturelle,
l'une à douze et l'autre à treize ans, ce
qui, pour des canes, constitue une
honorable vieillesse.

Gigue et Dondon avaient de l'affection pour moi. Quand je revenais de
Paris, le soir, sitôt la porte franchie, je
voyais mes deux canes s'avancer à ma
rencontre; il fallait que je les prenne
dans mes bras et que je les embrasse.

Cela a l'air d'une gasconnade, et c'est pourtant l'exacte vérité.

Gigue était toujours la première, elle se considérait comme l'aînée de la famille des canes; elle avait la prétention de dominer tout le monde et quand, assis au bas de l'escalier, je faisais la distribution du pain à nos canes assemblées autour de moi, s'il m'arrivait d'appeler « Paulette » pour commencer, Gigue tout aussitôt m'adressait des reproches en coin-coins que je comprenais.

Elle me disait : « A quoi penses-tu? Je suis celle à qui tu dois ta première pensée, c'est cette pimbèche de Paulette que tu choisis d'abord. » Et, bousculant toutes ses camarades, elle venait se placer entre mes jambes pour que je la puisse servir avant les autres.

Il me fallait bien céder et, triom-

phante, Gigue disait à ses compagnes :
« Vous le voyez, je suis la préférée,
tenez-vous-le pour dit. »

Dondon, elle, était une grosse com-
mère qui faisait la gueuse, du soir au
matin ; elle voulait de l'amour, elle ne
quittait pas les mâles et nous l'avions
surnommée « la fille publique », sobri-
quet auquel elle répondait d'ailleurs et
dont elle était fière.

Les canes couvent bien leurs œufs
quand elles sont en liberté, mais dans
un jardin, il n'en va pas de même. La
cane, pour arriver à un résultat satis-
faisant, a besoin de mouiller continuel-
lement ses œufs pendant la période
d'incubation, elle choisit donc le bord
d'un cours d'eau et, de temps en temps,

elle pique un plongeon pour revenir avec le ventre mouillé reprendre sa faction. Chez les bourgeois, le système change. La cane choisit elle-même l'endroit où elle veut couver. Généralement, c'est sur la terre ou sur un plancher ; le nid est entouré de paille ou d'autres brimborions, mais le fond où sont posés les œufs est à nu.

Elles ont besoin, disais-je il y a un instant, de mouiller leurs œufs et comme il leur faut faire un certain chemin, elles se mettent à deux au travail, et tandis que la bête va se mouiller, une autre vient la remplacer sur le nid ; il faut qu'il ne reste pas à découvert.

Et voici ce qui est arrivé un certain jour chez nous ; Paulette avait pris comme camarade de nid une autre cane qui lui rendait le service de tenir lieu de remplaçante. Or, un jour que Paulette avait besoin de s'absenter, sa doublure très occupée ailleurs n'était pas à son poste. Paulette n'hésita pas, il ne fallait pas que les œufs se refroidissent ; dans le hangar où elle couvait il y avait un vieux parapluie, sans manche, Paulette le prit dans son bec et pour la durée de son absence, ses œufs furent garantis contre les intempéries grâce au bienheureux parapluie.

Un mâle qui naquit de cette couvée en reçut le nom de *Pépin*.

*
* *

Nous avons décidé de ne plus avoir de canes à la maison parce que ces bêtes sont vraiment trop gentilles et manger ainsi ses amis, cela devient pénible : on a l'air d'anthropophages.

LES PETITS OISEAUX

Si les hasards de la vie avaient fait de moi un législateur — ce qui heureusement n'est pas — j'aurais déposé sur le bureau de la Chambre un projet de loi dont voici le texte :

Article premier.

La fabrication et la vente des cages pour oiseaux sont interdites sur le territoire de la République Française.

Article II.

Tout détenteur de cages à oiseaux — vendeur ou acheteur — sera puni d'une amende de 100 à 1.000 francs.

En cas de récidive, le délinquant sera
condamné à la peine de prison —
quinze jours à un an.

Article III.

Le délinquant pourra être condamné
à la relégation lors de la quatrième
infraction à la loi.

Les ministres de l'Intérieur et de la
Justice sont chargés de l'exécution de
la présente loi.

J'aime les oiseaux, je les aime véritablement comme on doit les aimer et
je qualifie crime la claustration dans
des cages de ces bestioles qui sont faites
pour vivre librement en plein air.

Vous me direz que ni les bengalis,
ni les canaris — vulgairement appelés

serins — ne peuvent vivre en liberté chez nous. Mais aussi pourquoi les dépayser? Ils ont été créés pour vivre sous d'autres climats que le nôtre; laissons-les donc chez eux.

Que diriez-vous d'un aviateur qui serait obligé de vivre dans une cellule? Les oiseaux sont les as de l'air, l'air est leur domaine, respectons cette liberté qui leur est due; qu'ils vivent donc librement, la nature le veut ainsi.

Tous les oiseaux qui volent autour de moi sont un peu ma propriété, ils appartiennent à ma vue et cela me contente.

Les moineaux, les chardonnerets, les rouges-gorges, les rossignols de murailles viennent chez moi sans crainte, ils savent qu'ils n'ont rien à redouter de moi. Ils sont très perspicaces et se disent : « Ce gars-là est un

bon fieu, il ne nous veut point de mal,
rien à craindre de lui. » Je suis même
obligé de temps en temps de leur
donner des conseils : « Méfiez-vous des
chats ! Ces animaux ne vous portent
pas dans leur cœur et quand ils
peuvent vous attraper, ils ne vous
ratent pas. »

Les vieux se méfient, mais les jeunes,
qui ont de petites cervelles et qui sont
insouciants, se laissent très souvent
pincer et je me vois dans l'obligation
de faire des reproches à mes chattes,
car les femelles sont plus cruelles que
les mâles, elles s'amusent à tomber sur
les pauvres oiseaux et prennent un
malin plaisir à les faire souffrir avant
que de les achever. C'est un spectacle
pénible.

*
* *

Au premier étage de la maison que j'habite depuis dix-neuf ans, il est, sur le jardin, un des montants de la persienne qui n'a jamais été fermé. Entre le mur et cette persienne, tous les ans, des rossignols de muraille viennent établir leur nid. Nous les voyons à l'approche du printemps apporter de la paille,. des brindilles, des duvets et quelquefois des chiffons. Ils savent qu'il est là un endroit de tout repos où jamais ils ne seront dérangés.

Le premier occupant a dû faire une publicité monstre dans les gazettes des oiseaux, car chaque année nous constatons l'arrivée de nombreux compétiteurs, c'est à qui occupera ce logis à bon marché; par ce temps de vie chère les amateurs ne manquent pas, mais quand le nid est en état, les locataires jouissent d'une tranquillité parfaite, ils sont chez eux, ils déposent leurs œufs avec assurance, sachant qu'ils sont là en sécurité et quand les petits sont aptes à prendre leur vol, ils leur recommandent l'hôtel où le coup de fusil n'est pas à redouter.

*

Nous avons de grands arbres où les rossignols, certaines nuits, viennent nous donner des concerts.

Je n'ai pas établi d'antennes réceptrices de T. S. F., préférant de beaucoup ces auditions sans nasillements et si pleines de pureté, aux programmes donnés par tous les postes émetteurs.

Le régal est de choix, jamais les rossignols ne nous disent des âneries, ils nous donnent du plaisir, ils n'ont pas besoin de nos applaudissements, ils chantent gratuitement, les ténors ne réclament pas la vedette et se fichent de l'opinion des critiques.

Vous me croirez si vous le voulez bien, quand je leur crie « *bis* », ils ne se font pas prier. Ils y vont d'une seconde roucoulade, suivie de nombreuses autres. Ils savent certainement que nous apprécions leurs qualités d'exécutants.

Admirez aussi le vol de l'hirondelle.

Quelle grâce et quelle sûreté dans leurs exercices et puis, elles nous indiquent clairement que la pluie va tomber quand elles rasent le sol.

Le paysan sait bien ce que cela signifie. L'hirondelle dit : « Rentrez vos fourrages si vous ne voulez pas qu'ils soient trempés par la pluie, l'orage est proche. »

Le départ des hirondelles est une chose curieuse; je n'apprends rien de nouveau aux gens de la campagne, mais les citadins ignorent la savante organisation qui préside aux exodes de ces oiseaux.

Huit ou quinze jours avant l'arrivée des premières fraîcheurs, des meetings d'hirondelles se tiennent dans certains coins désignés à l'avance. Elles sont là cinquante, cent, deux cents et souvent davantage; elles s'organisent en cara-vanes, se distribuent les rôles le long du chemin. Une telle prendra la tête au départ, une heure après telle autre la remplacera et la distribution se fait avec exactitude. Il doit, dans le tas, se tenir sûrement une hirondelle savante qui questionne les participants à la randonnée pour savoir s'ils ne commettront pas de sottises et certaines hirondelles se voient recalées à l'examen. Elles garderont pendant tout le voyage le rang de suivantes et n'auront pas l'honneur de servir de guides à leurs compagnes. Les admises doivent tirer de cet emploi un certain orgueil qui les classe dans une catégorie supérieure.

Il est un petit oiseau, petit, très petit, dont nous ignorons la race et que nous avons baptisé du nom d' « oiseau de pluie ». Pendant les grandes cha-

leurs, ma femme et moi, nous dînons
dans le jardin, mais quand, sur le fil
de fer qui sert à étendre le linge, nous
voyons se percher le petit oiseau qui
nous crie : « Cui! Cui! Cui! » nous
savons parfaitement ce que cela veut
dire. Et nous traduisons : « Mettez les
bouchées doubles et remontez dans la
maison, il va tomber une ondée de
première. » Cet oiseau dit toujours la
vérité. Mais il est certain que depuis
dix-neuf ans que dure ce manège, bien
des oiseaux divers se sont succédé à ce
poste; il n'y en a jamais qu'un, mais
sûrement il a une consigne qui lui a été
passée par un de ses prédécesseurs qui
a dit à l'avertisseur : « Tu sais ce que
tu as à faire, ce sont de braves gens,
va les prévenir! »

Merci! petit oiseau de pluie, tu nous
as évité bien des déluges et les rhumes

qui s'en seraient suivis ont été évités grâce à toi. Merci ! petit oiseau de pluie.

Chers lecteurs, aimez les oiseaux, si vous ne leur faites jamais de mal, ils sauront le reconnaître, et, comme je viens de vous le prouver, ils seront les premiers à vous rendre service.

LES PERROQUETS

Certaines gens prétendent que les perroquets parlent sans comprendre ce qu'ils disent. C'est une erreur! Mes relations avec deux perroquets me permettent de prouver le bien fondé de mon affirmation.

J'étais bien jeune, c'était avant la guerre de 1870; j'allais deux fois par semaine rendre visite à mes grands-parents paternels.

Mon grand-père était un littéraire, toujours plongé dans l'étude des textes grecs, latins ou hébreux; il professait ces langues et ne s'occupait de rien autre. Ma grand'mère était la femme d'intérieur rêvée, elle vaquait aux soins du ménage, et j'ai souvenance de la qualité de la cuisine que préparait ma grand'mère ; elle portait le prénom désuet, mais bien joli, de Babette ; malheureusement, elle était sourde, horriblement sourde ; il fallait hurler à ses oreilles pour arriver à se faire comprendre quand on voulait lui expliquer quelque chose.

Il était un seul être qui n'avait pas besoin de faire de grands efforts pour lui parler ; c'était un perroquet.

Il se nommait : « Lorito. » Un de mes oncles, qui avait fait le voyage du Mexique, voyage qui, en ce temps-là, passait pour une action d'éclat, lui avait rapporté de son expédition ce psittacidé qui avait pour ma grand'mère une affection très marquée ; il était prévenant avec elle, avait l'air de s’occuper de tous les détails ménagers et la suivait du regard dans ses évolutions. On voyait clairement qu’il s’intéressait à tout ce que faisait Babette Lévy.

Et quand on sonnait à la porte, on entendait Lorito qui criait : « Babette, y’a du monde! » Ma grand’mère allait ouvrir au visiteur et Lorito, satisfait du résultat de ses bons offices, se mettait à chanter une petite chanson.

Mon autre histoire de perroquet est plus récente et le client dont il s’agit fut baptisé par nous « Coco ». Nous n’étions pas fixés sur son état civil et nous n’affirmerons pas que Coco était son véritable nom; mais il y répondait et vous allez voir de quelle façon.

C'était exactement en l'an 1899. Georges Courteline et sa première femme, qui se nommait Suzanne, étaient mes compagnons de voyage en Touraine.

Un soir, à Tours, Courteline me dit : « Si vous voulez bien, mon vieux, demain matin nous irons boire à Vouvray une bonne bouteille de vin. »

J'acceptai sa proposition et, à sept heures du matin, nous étions dans les rues de Tours à la recherche d'un fiacre — en ce temps-là, les voitures automobiles se rencontraient rarement dans les rues de province.

Nous trouvons un vieux brave homme de cocher qui veut bien nous conduire de Tours à Vouvray en nous affirmant qu'il nous mènerait chez des gens de sa connaissance, propriétaires de crus fameux où nous pourrions déguster un vin de premier ordre.

Cet homme n'avait pas menti. Les paysans chez lesquels il nous avait introduits possédaient un vin qui était tout simplement un nectar; quand la bouteille fut vidée et que le prix de un franc nous fut réclamé pour la consommation de ce rêve en bouteille, Courteline s'écria : « Remettez-nous ça tout de suite. » Une seconde bouteille nous fut servie et c'est dans de bonnes dispositions que nous regagnâmes Tours, dans le fiacre qui nous avait transportés à Vouvray. Mais il était de bien bonne heure et Suzanne était encore dans son lit à l'hôtel.

Courteline me proposa alors une visite au Jardin des Plantes. La capitale de la Touraine possède, tout comme Paris, un vaste jardin qui ne se contente pas de la flore et qui a

réservé à la faune une place importante. Nous déambulions dans le vaste
parc et notre attention fut attirée par
un coin où se trouvaient réunies des
collections de perroquets; dans le
nombre, il en était un qui plus parti-
culièrement nous semblait curieux, il
avait un plumage multicolore et sa tête
nous attirait. Il avait l'apparence d'un
vieux philosophe que les choses du
monde rendaient plein de mansuétude
à l'égard des humains. Il était ce que
l'on peut appeler un bon gros bonhomme.

Et Courteline lui adressa la parole :

— Bonjour, Coco!

— Merde!

— Hein?

— Merde!

— Mais dis donc, Coco, tu n'es pas
poli!

— Merde !

Il n'eut pas à notre adresse un autre mot que celui qui, à tort ou à raison, reste l'apanage glorieux de Cambronne.

« Si vous voulez, me dit Courteline, nous allons faire une bonne blague à Suzanne, nous irons la chercher, nous l'amènerons ici et vous verrez la tête qu'elle fera en entendant Coco ! »

Nous nous retrouvions une demi-heure après à l'hôtel où nous logions et Suzanne, prête à sortir, nous attendait.

— Nous allons, si tu le veux bien, dit Courteline à Suzanne, te conduire au Jardin des Plantes, nous venons d'y découvrir un perroquet épatant, d'une grâce, d'une gentillesse, d'une amabilité remarquables. Nous avons été séduits tous les deux par son bavardage qui est un délice, il est charmant

et quand je dis charmant, j'emploie
une expression qui ne suffit pas, il est
délicieux, adorable, merveilleux de
politesse et d'exquise urbanité. Viens
avec nous lui rendre visite.

— Ah ! tu m'embêtes avec ton perroquet ! Un perroquet, cela n'a rien de
curieux, allons plutôt faire un tour
dans les magasins.

— Non ! je t'assure, tu perdrais une
occasion unique ; il faut avoir vu
« Coco », il vaut le voyage.

Et, comme j'insistais pour qu'elle
vînt avec nous rendre visite au perroquet :

— C'est bien pour vous être
agréable, mais ce que vous me rasez
tous les deux avec votre Coco.

Et nous voici arrivés au Jardin des
Plantes ; nous ne nous approchons pas
et, de loin, Courteline désigne à

Suzanne l'être que nous venions inter-
viewer.

— Tu vois, c'est celui qui est là, ce
vieux perroquet avec sa robe panachée
de tons brillants. Va lui parler et tu
constateras son amabilité.

Suzanne s'approche :

— Bonjour Coco !

— Bonjour, madame, belle dame,
jolie dame !

— Tu es bien gentil.

— Oui, belle dame, jolie dame !

— Ah ! le salaud ! s'écrie Courteline,
il se paye ma gueule !

Il s'approche alors.

— Dis donc, Coco !

— Merde !

Coco était aimable avec les dames et
se servait pour les hommes du mot
invariable qui témoignait de son
mépris pour le sexe fort.

UNE GUENON

En l'an 1898, un de mes amis qui se nommait Edouard Guillaumet, poète et auteur dramatique, fils du peintre célèbre, héritait d'une assez forte somme qui lui provenait de sa grand'-mère paternelle; il employa une partie de cet argent à mener une existence qui voulait être amusante et pour laquelle il n'avait pas été éduqué, il résolut de ne se point laisser gruger par une bande de parasites qui l'entouraient et il opta pour le mariage; il fit la cour, fut agréé et, les noces célébrées, il partit avec sa femme pour le Sénégal. Cet événement eut lieu dans les premiers mois de l'année 1900.

Mme Guillaumet était, comme beaucoup de femmes, une capricieuse; quand elle avait des envies, il fallait les satisfaire, mais, comme toutes les capricieuses, elle ne trouvait plus aucun plaisir à voir ses désirs comblés.

Au Sénégal, elle s'était fait offrir par Edouard une guenon adulte que son mari avait payée la somme rondelette de cinquante centimes. C'était à l'époque du franc or.

La guenon devint leur compagne de route, mais, de retour en France, le ménage Guillaumet était embarrassé de son emplette et mon ami sollicita comme un service de le décharger de ce léger fardeau.

— Prends l'objet, me dit-il, et si ta femme te fait des histoires pour l'adoption de cette jeune cercopithèque, tu iras la porter à Pierre Wolf, qui, pour l'exposition, ouvre un théâtre à la foire universelle, le théâtre des auteurs gais, elle servira à attirer la clientèle en figurant à la parade du Temple de la Gaieté qui s'élèvera dans la rue de Paris.

La guenon était petite et je pouvais, sans me gêner, la fourrer dans mon gilet. En ce temps-là, nous habitions à Viroflay, nous avions un grand jardin, l'animal serait plutôt à son aise chez nous et se trouverait certainement mieux que dans un appartement parisien.

Comme je m'y attendais, la réception chez moi fut plutôt fraîche et ma femme me déclara qu'elle ne garderait pas cette bête à la maison. Golote, c'est ainsi que je l'avais baptisée, vit immédiatement qu'il lui fallait gagner les bonnes grâces de la maîtresse de la maison; elle se fit câline avec elle et trois jours après, comme je proposais de conduire Golote à Pierre Wolf, ma femme s'y opposa. L'enfant était adoptée, elle était de la famille et ne devait plus nous quitter.

C'était une très jolie petite bête qui ne ressemblait pas à ces guenons que partout on représente, elle avait vraiment figure humaine, un visage blanc avec des yeux noirs très malicieux, et sur la tête une sorte de perruque rousse bien que son poil soit fauve; elle possédait des mains remarquables, ce n'était pas des pattes, c'étaient de véritables mains aux paumes roses.

Cette merveille nous était échue et avait pris une place importante dans notre existence...

Un lit lui avait été fabriqué avec une caisse où toute la literie possible avait été aménagée, matelas, traversin, draps, oreiller, couverture, elle possédait le confort que peu de guenons avaient en ce temps-là, son petit lit était juché au-dessus d'une armoire dans la cuisine et tous les soirs Golote se fourrait sous les couvertures tout comme une personne naturelle.

Ma femme lui avait confectionné un petit costume complet, chandail et culotte, car l'enfant était frileuse et nous prenions soin de sa santé.

Elle vivait de notre vie tout comme si elle avait été de notre famille, mais son tempérament de singe la poussait à faire de sales coups, elle était pleine de malice et dans sa cervelle elle ruminait de bons tours à faire; elle était humoriste et rien ne la divertissait comme une très bonne plaisanterie.

Un soir que nous étions allés au théâtre et que nous devions rentrer fort tard, le temps étant très mauvais, il y avait de la boue sur les chemins, la bonne nous avait préparé dans l'entrée, face à la cuisine, nos pantoufles pour que nous puissions les mettre en retirant nos chaussures crottées et ne point salir la maison. En rentrant vers une heure et demie du matin, après avoir fait de la lumière, nous vîmes Golote qui nous regardait d'un air malicieux; penchée hors de son lit, elle épiait nos mouvements et avait l'air de s'intéresser à ce que nous allions faire. Nous prîmes cela tout simplement pour de la curiosité. Nous la vîmes qui souriait. Pourquoi? Nous n'en savions rien; cependant, désemprisonnés de nos chaussures, nous enfilions nos pantoufles et ensemble nous poussions des cris. Golote se frottait les mains et rigolait.

Et nous avions crié parce que l'un et l'autre nous avions au même instant ressenti une douleur. Voici ce qui s'était passé. Golote, qui savait que nous devions nous déchausser et mettre nos pantoufles en rentrant, avait tenu à nous faire une bonne blague. Elle avait été chercher dans le garde-manger un artichaut cuit qu'elle avait décortiqué et elle avait fourré les feuilles au fond de nos pan-toufles en mettant les pointes aiguës à la disposition de nos doigts de pieds. En constatant la réussite de sa petite combinaison, Golote ne se tenait pas de joie, elle venait de s'offrir une bonne pinte de rigolade.

*
* *

Golote était alcoolique, elle aimait se payer une bonne cuite et nous avions la cruauté d'encourager ce vice.

Nous avions acheté à son intention une quantité de petits récipients en verre à bon marché, chaque petit verre nous coûtait dix centimes, et quand nous avions du monde à déjeuner, je recommandais à chacun de n'avoir l'air de s'apercevoir de rien. Je versais un demi petit verre d'alcool à la disposition de notre enfant guenon. Depuis plus de six mois, elle était de la famille, elle avait considérablement grandi et pouvait se tenir debout, ses mains appuyées sur la table de la salle à manger, elle regardait à droite et à gauche pour savoir si on ne la voyait

point, puis, quand elle était sûre de
l'inattention générale, elle empoignait
le petit verre et en absorbait le contenu
d'un trait. Après ce haut fait, elle jetait
son verre à terre et généralement le
cassait; mais aussitôt, elle était prise
d'un violent mal de tête, elle prenait
sa tête dans ses mains et geignait, il
fallait que ma femme la prî. dans ses
bras et la dorlote jusqu'à ce qu'elle
s'endorme; il fallait la coucher, elle
était grise et ne se désaoulait qu'après
un bon somme.

Elle avait pris ma femme en affection
et c'était elle qu'elle préférait dans la
maisonnée.

Quand ma femme était au logis, personne ne trouvait une marque de

sympathie de Golote, il n'y en avait
que pour ma femme et notre domestique criait, quand la guenon lui
tiraillait le bas de sa robe : « Venez,
madame, Golote me guenille! »

Il fallait que ma femme prît la petite
dans ses bras pour lui faire lâcher
prise.

Quand ma femme allait à Paris, il y
avait un changement d'attitude, sa
protectrice n'étant plus là, elle me
témoignait de la tendresse quand
j'étais à la maison et quand j'étais
absent la bonne recueillait des marques
de sympathie.

Mais sitôt que ma femme était sur le
chemin du retour, c'est-à-dire lorsqu'elle était descendue du train à la
station de Viroflay, Golote qui avait un
flair remarquable — nous demeurions
à six cents mètres de la gare — Golote,

dis-je, sentant le retour de celle qu'elle affectionnait par-dessus tout, devenait un véritable diable et nous pouvions être certains que ma femme arrivait rien qu'à l'attitude de Golote.

Elle vécut avec nous pendant dix-huit mois, deux étés et un hiver, ce qui est extraordinaire chez des bêtes de sa race, ainsi que nous l'affirmait un gardien du jardin zoologique d'Anvers où, six ans après sa mort, nous avions trouvé une réplique de Golote. Le gardien nous affirma que les bêtes de cette race ne résistaient pas à notre climat plus de six mois, il avait fallu que nous l'entourions de soins tout spéciaux pour qu'elle puisse durer un aussi long temps. Il lui fallait un air chaud, un soleil brûlant et la vaste contrée, mais ces choses lui manquaient.

Et voici la triste fin de la pauvre petite. Elle était devenue tuberculeuse, elle toussait, elle avait des crises qui la faisaient horriblement souffrir, nous nous en rendions compte, mais ni ma femme ni moi ne voulions prendre la décision de la faire disparaître. Enfin, las de la voir en cet état, j'allais prier un de mes voisins, chasseur émérite, de venir mettre fin au supplice de Golote. Ce jour-là, une assez belle journée d'automne, elle gambadait dans le jardin où elle avait été chiper une poire qu'elle savourait et mon voisin, sans la faire souffrir, déchargea une quantité de petits plombs, qui la coucha à terre. Elle n'avait pas eu le temps de s'apercevoir de la fin de son martyre.

Nous l'avons mise en terre avec dans sa main la poire qu'elle grignotait quand elle avait été touchée par la décharge du fusil.

Nous avons pleuré Golote, elle nous avait amusés et elle avait beaucoup aimé ma femme.

UN ÉLÉPHANT

Nous n'apprendrons rien de nouveau
en disant que l'éléphant est certainement l'animal le plus intelligent; il est
bon, mais susceptible, il sait reconnaître les bontés qu'on a pour lui, il ne
pardonne pas une offense, il ne faut
même jamais se moquer de lui, il sait
distinguer le sourire méprisant; s'il est
bon enfant, il n'admet pas la mauvaise
plaisanterie et j'ai souvenance d'une
histoire d'éléphant dont j'ai été témoin
dans ma jeunesse.

Nous habitions avec mes parents
dans le quartier du Jardin des Plantes,
quartier où j'ai vu le jour puisque je

suis né au numéro 4 du boulevard de l'Hôpital, à deux pas de notre grand jardin zoologique. Notre grande distraction était d'aller rendre visite aux habitants, les animaux, c'était tout simplement des relations de bon voisinage. Nous emportions des petits pains bis que nous offrions à nos amis en signe de bonne camaraderie. Un jour, notre provision étant épuisée avant notre entrevue avec les éléphants, nous nous trouvions sans munitions pour leur témoigner notre sympathie; cela ne faisait point l'affaire de ces bons camarades qui, désespérément, tendaient leurs trompes pour quémander un petit quelque chose; ma mère eut la fâcheuse idée, ne pouvant leur donner satisfaction, de fourrer le bout de son ombrelle dans une des cavités de la trompe du plus gros des pachydermes.

Ah! sapristi! pour un type vexé, c'était un type vexé et ses petits yeux fixaient ma mère pour la bien reconnaître le jour où il se trouverait à nouveau en sa société. Ces bougres-là ont une mémoire étonnante, car à six mois de là, nous rendions à nouveau visite aux éléphants. Le plus gros, celui qui avait été dupé, reconnut immédiatement la personne qu'il espérait bien revoir; sans avoir l'air de rien, d'un pas nonchalant, il se dirigea vers son bassin, emplit d'eau sa trompe et vint asperger ma mère en ayant l'air de dire : « Eh bien, ma vieille! je te rends la monnaie de ta pièce. »

Un peu plus tard, ma mère regretta son geste; mais sa toilette était entièrement gâtée, nous étions à l'époque où l'on revêtait des étoffes printanières.

Ne trompez pas les éléphants, ils

se souviennent de tous les procédés
employés avec eux, ils ruminent des
vengeances ou, quand on les aime, ils
témoignent de leur bonne sympathie et
j'en arrive à mon histoire personnelle
avec un éléphant.

Il n'est pas donné à tout le monde
de fréquenter un éléphant et cependant
la chose m'est arrivée.

Ne croyez pas qu'il m'ait fallu aller
aux Indes ou au Siam pour rencontrer
mon petit camarade; c'est tout bonne-
ment à Paris, mais oui, à Paris, que
j'ai fait la connaissance de mon ami
Boney.

Au temps où les Folies-Bergère pas-
saient pour un endroit où les familles
pouvaient se distraire, le nu ne régnant

pas encore, il s'y donnait des spectacles composés de numéros très curieux et pleins d'intérêt.

Il y eut des ballets qui furent célèbres, ballets très convenables, agrémentés de musiques légères dues à des compositeurs de talent. On y applaudissait les partitions d'Olivier Métra, de Louis Ganne, de Désormes qui était chef d'orchestre de la maison et bien des gens chantonnent encore aujourd'hui des refrains qui étaient exécutés aux Folies-Bergère sans se douter du point de départ de leur célébrité.

Le programme comportait des numéros d'acrobatie, des clowns divertissants produisaient leurs fantaisies à la grande joie des spectateurs, parfois on y entendait des chanteurs et des chanteuses de talent. La gloire de la belle

Otero date de ses débuts aux Folies-Bergère et, ce qui était une des spécialités de cet établissement, on y présentait très souvent des animaux savants et j'en arrive à mon histoire d'éléphant.

*
* *

Un certain Sam Lockart avait dressé une demi-douzaine de ces animaux qui étaient véritablement étonnants d'adresse et de force; ils jonglaient, faisaient des poids, ils luttaient ou se balançaient à des trapèzes, la barre fixe ne les effrayait pas, je vous le dis, ils étaient remarquables.

Dans la troupe, il y avait un petit éléphant, d'une taille au-dessous de la moyenne; c'était un tout jeune enfant qui se nommait Boney et qui assumait le rôle d'Auguste.

Chaque fois qu'un de ses camarades avait fait un tour ou un exercice, il venait à son tour et le ratait avec élégance, il faisait la joie du public, il avait conscience de sa qualité de rateur et après chaque tour manqué il venait saluer quand le public l'applaudissait. C'était un petit phénomène. Rien ne pouvait se faire de mieux comme éléphant comique.

C'était l'époque où j'organisais les fêtes que je donnais au public artistique de Paris, fêtes qui eurent leur temps de vogue et qui avaient nom « Bals des Arts Incohérents ». Comme j'en organisais un aux Folies-Bergère, j'avais mes entrées permanentes, non seulement dans la salle, mais aussi sur la scène, et tous les soirs j'allais sur le plateau.

Probablement, j'avais une tête qui

revenait à Boney. Il me prit tout de suite en amitié; j'allais le caresser, il me rendait les caresses, Boney m'embrassait et ce n'était pas par intérêt, jamais je ne lui offrais de friandises, Sam Lockart l'interdisait; c'était un échange de bons procédés.

Comme ce que je projetais d'organiser dans la salle des Folies-Bergère m'obligeait à aller tous les jours dans l'après-midi à ce théâtre, j'entrais par la porte de la rue de Trévise, passage réservé aux artistes de la maison.

Il fallait traverser une cour au fond de laquelle se trouvait un hangar où logeaient les animaux de passage à Paris; pour l'instant, le hangar était l'hôtel des éléphants.

Ces braves bêtes sont douées d'un flair étonnant, je venais à peine d'entrer dans la cour que je voyais le cornac sortir du logis de Boney; il venait me trouver et me demandait d'aller immédiatement voir Boney qui avait senti ma présence dans l'immeuble. « Il va tout casser, si vous ne venez pas tout de suite. » Et j'allais voir mon ami; une petite tape amicale sur sa bonne figure le mettait en joie, il relevait sa trompe et me passait sa langue sur ma joue en signe d'amitié.

Cette petite histoire-là dura quinze jours, pas une fois je n'ai manqué à mon devoir en rendant visite à mon petit camarade.

Les éléphants vivent vieux; alors, il était tout jeune, il doit être encore de ce monde et j'ai la certitude que, si un jour nous nous rencontrons à nouveau, il viendra au-devant de moi et me dira à sa façon : « Comment vas-tu, mon vieil ami? »

LA VERMINE

Quand Noé fit le plein de l'arche, il devait être déjà tout à fait saoul, car le besoin ne se faisait pas sentir d'embarquer dans la coque de son surmarin des couples de certaines espèces dont le besoin de conservation ne s'imposait pas. Il ne peut avoir qu'une excuse, ces bêtes se sont embarquées en fraude ou bien elles ont présenté au contrôle de faux passeports. Aujourd'hui, nous avons à souffrir ou de cette erreur ou de la négligence de Noé.

Ne croyez pas que mon amour pour les animaux va jusqu'à l'imbécillité; je les aime bien, c'est entendu, mais il est

certains numéros pour lesquels je dis-
pose d'une haine carabinée.

Et ce qui m'enrage, c'est que ces bestioles sont prolifiques. Elles se repro-
duisent à des millions d'exemplaires et
tout cela pour embêter les pauvres
humains.

La mouche est ma bête noire. Je vous
demande un peu à quoi sert cette sale
bête. A faire des ordures un peu partout et à turlupiner les gens. Quand
une mouche vous harcèle, il est très
difficile de se débarrasser d'elle, on la
chasse, elle revient à l'assaut prenant
comme un malin plaisir à vous
ennuyer.

C'est avec joie que je tue les
mouches. Je bénis l'inventeur du
papier tue-mouches ; malheureuse-

ment ces papiers gluants n'en prennent pas assez. Oh! les sales bêtes!

*
* *

L'araignée, bien souvent, nous débarrasse de certaines mouches et de pas mal de moucherons. Mais tout en admirant cette travailleuse infatigable, je ne puis m'empêcher de constater qu'elle me dégoûte. Certes, elle tisse ses toiles avec précision, il y a même de l'art dans la composition, mais les allées du jardin sont barricadées par l'araignée qui, d'une plante à une autre s'élance pour construire sa tapisserie. Au petit matin, quand il y a de la rosée, on admire un collier de diamants suspendu dans l'air; cela a un certain cachet, cependant l'araignée me dégoûte. C'est encore un animal que je détruis. Oh! la sale bête.

*
* *

Les chenilles ne sont que des larves de papillons; sur une seule feuille au soleil, il en éclot des centaines; comme ravageuse, la chenille est un peu là; elle bouffe et les fleurs et les fruits. Les feuilles sont déchiquetées en cinq sec par ces insectes en velours. Vous me direz qu'elles arrivent à se transformer en papillons; les poètes chanteront ces fleurs ailées; je les considère comme de vulgaires bandits; ils ne vont pas déposer des baisers sur les roses ainsi qu'on veut bien nous le faire croire, non, ils sucent le sang des fleurs et les dénaturent toujours. Une fleur touchée par un papillon est, dit-on. fécondée par lui, quelle blague!

Il abîme la fleur, lui fait changer souvent de couleur et la belle rose au blanc immaculé, souillée par lui, devient une autre rose parce que le papillon s'est permis de venir lui apporter un sang qui en fait une métisse. Je n'admire pas le papillon. C'est une sale bête.

Les limaces, les loches et les colimaçons font mon désespoir; avec eux, pas moyen d'avoir de beaux légumes. Les loches, grosses comme des têtes d'épingles, ravagent les choux et les salades. On vante un tas de méthodes pour s'en débarrasser; elles sont toujours là, les légumes sont bordés de traînées de soufre ou de bandes de son. Pendant un certain temps, les loches s'en méfient; il s'en prend bien quelques-unes, mais elles arrivent à franchir ces barrières et triomphantes, s'attaquent aux repiquages que laborieusement vous avez établis. Les limages rouges sont des goinfres; elles dévorent les bonnes plantes et ne s'attaquent jamais aux mauvaises herbes.

Il est un moyen d'en diminuer le nombre; quand on en trouve une, avec un sécateur, on la coupe en deux, ses camarades qui la rencontrent en cet état se ruent sur la dépouille pour manger ce que ses flancs renferment de nourriture. Les limaces accourues en bandes se grisent de boustifaille. Une demi-heure après la première exécution, vous retournez près du premier cadavre et avec votre sécateur, vous faites douze nouveaux

cadavres; tel est le seul moyen que j'ai
trouvé pour diminuer le nombre des
limaces qui rendent visite à mon potager.

Je ne suis pas chasseur, cependant
tous les matins, muni d'une boîte en
fer-blanc, je vais chercher les colimaçons que je trouve un peu partout en
train de se régaler de mes légumes ou
de mes fruits; je les prends délicate-
ment par la coquille, je les introduis
dans la boîte et quand j'en ai deux ou
trois cents je vais les porter aux
poules qui sont friandes de ce gibier.

N'empêche que ce sont de sales
bêtes!

Point n'est besoin d'être entomologiste pour savoir que le ver blanc est
la larve du hanneton. Comme salo-

perie, le ver blanc est une belle salo-
perie; une plante, un tubercule touché
par lui est une plante perdue; en
l'espace d'un matin, c'est une chose
nettoyée. Quand j'en trouve un en
remuant la terre, je l'écrase impitoyablement, cela fera un hanneton de
moins; le hanneton amuse les enfants
quand ils peuvent lui mettre un fil à
la patte, mais c'est encore un de ces
rongeurs de feuilles dont nous devons
nous garer; ils détruisent un arbre, ils
le dépouillent de sa verdure en rien de
temps. Détruisons les hannetons. Ce
sont de sales bêtes.

Les guêpes et les bourdons sont des
êtres assommants et dangereux. Ils
font une musique qui n'a rien de bien

harmonieux et vous piquent quand ils vous rencontrent; c'est un moyen de vous faire sentir qu'ils vous laissent leur carte de visite.

Ces tourmenteurs embêtent et les fleurs et les gens.

Quand on peut les détruire, il ne faut pas les rater, ce sont de sales bêtes.

*
* *

Connaissez-vous les aoû... ce sont d'imperceptibles insectes qui élisent domicile dans les plants de haricots; chaque fois qu'on se livre à la cueille de ce légume, on en revient couvert de piqûres d'aoûtas, mais pour les trouver? Bernique! On ne les voit pas, ils sont là, on les sent sur la peau, mais il est impossible d'avoir la leur; ce sont des ennemis invisibles,

Ne me parlez pas de ces sales bêtes.

Les pucerons se nichent sur les rosiers et détruisent souvent les boutons; ces petits insectes verts ou jaunes se réunissent en assemblées qui sont des espèces de banquets. Ils s'installent sur les boutons de roses pour leur faire subir un sort funeste; avec de la cendre de tabac, on arrive à les étourdir, puis on les pince et on les écrase, ces sales bêtes.

Il existe deux espèces de sales animaux qui logent dans la terre et font une consommation formidable de tubercules. Il est une sorte de petites araignées rouges qui dévorent les semis de carotte; elles doivent guetter le semeur, car il arrive les trois quarts du temps que les carottes ne lèvent pas.

Et puis, la courtilière, une sorte de scarabée qui possède des dents à ses pattes, ce qui lui permet de sectionner des racines et de procéder à une destruction de vos plants.

Impitoyablement, chassons ces sales bêtes.

Le ver de terre n'est pas si dangereux que cela, car il nous rend quelques services, il se nourrit des pucerons et des araignées qu'il rencontre sur son passage et nous devient un auxiliaire pour la destruction de ces ennemis, mais quand il lui prend envie de traverser une pomme de terre, il n'hésite pas à percer un tunnel dans ce légume de première nécessité, alors, là, il nous embête.

Victor Hugo a immortalisé le ver de terre en le rendant pour une fois amoureux d'une étoile.

Grâce au poète, et comme il nous rend quelques services, nous pouvons déclarer que ce n'est pas tout à fait une sale bête.

On a chanté sur tous les tons les mérites de la fourmi. C'est une travailleuse qui ne s'arrête jamais; ceux qui se sont penchés sur cette bête lui trouvent toutes sortes de qualités. Ce que je puis dire, c'est qu'elles sont bien encombrantes et que, dans un jardin, quand elles ont établi une fourmilière dans un endroit, c'est le diable pour les déloger, et tirer un parti de la place qu'elles occupaient.

Pour ma part, je les range dans la catégorie des sales bêtes.

*
* *

Les puces, les punaises et les poux, baptisés « totos » par les poilus, sont généralement des bêtes d'intérieur; elles ne vivent guère au grand air; on les trouve sur les chiens et les chats, dans les lits des personnes qui ne sont pas très propres et sur la tête (je parle des totos) des enfants ou des gens qui ne prennent pas soin de leur chevelure.

Je ne puis trop parler de ces anim'aux, car pour ma part, je les ignore ; les puces et les punaises me dédaignent, mon sang n'est pas de leur goût. Quant aux totos, ils n'ont jamais élu domicile sur mon crâne.

Je les connais de réputation, je sais que ce sont de sales bêtes.

Pour en terminer avec cette nomenclature d'animaux abhorrés, j'ai gardé pour la bonne bouche, si je puis m'exprimer ainsi, l'asticot. Il a, je le sais, son utilité pour les pêcheurs, mais je ne pêche pas. Il confirme la qualité d'un fromage, il n'est pas de bon roquefort sans asticots.

Mais ces saligauds-là se fourrent dans les meilleurs fruits ; il en est dans les plus belles framboises, dans les

poires les plus juteuses, en plein cœur
d'une belle pomme de rainette. Ah!
ceux-là, on peut le dire, ce sont de
bien sales bêtes, et pour mettre le
comble à leur ignominie, les asticots
deviennent les locataires des cadavres
humains enfouis dans la terre, ils se
repaissent de notre corps quand il est
devenu charogne. Ah! les sales bêtes!

LES CAMBRIOLEURS

Il est une famille d'animaux pour laquelle il nous est impossible d'avoir de la sympathie et cependant, nous ne leur marchanderons pas notre admiration, nous voulons parler des rongeurs.

L'ingéniosité de ces bêtes est remarquable et il nous a été donné si souvent d'en constater les effets qu'il me sied aujourd'hui de vous donner un aperçu de leurs travaux, jeux et sales tours.

Quant à moi, je les considère comme de vulgaires cambrioleurs.

*
* *

Les rats se baladaient chez nous autrefois avec les allures de gens qui se promènent la canne à la main. Ils se sont vus dans l'obligation d'aller porter leurs pénates en d'autres lieux grâce à la vigilance déployée par nos amies chattes et nos compagnons chiens. Mais ces brigands ont commis chez nous toutes sortes de déprédations. Ce sont des prévoyants de l'avenir et, en prévision des mauvais jours d'hiver, ils ont pour habitude de garnir leur garde-manger; avec habileté ils s'introduisaient dans le poulailler et ne se gênaient pas pour aller sous la mère poule étrangler les poussins de trois semaines; un jour, à notre stupéfaction, nous constations la dis-

parition de huit jeunes élèves qui la
veille étaient gais et bien portants.
Nous ne pensions pas à une fugue, ces
gaillards-là n'étaient pas assez délu-
rés pour avoir entrepris une excursion
en pays étranger. Nous ne doutions
pas un instant de leur sort, des rats
nous les avaient ravis; pendant trois
jours, nous fîmes des recherches et en
bousculant une caisse qui se trouvait
à trois mètres du lieu du rapt, il nous
fut permis de retrouver les huit cadavres saignés et préparés dans un trou
pour servir de nourriture aux mauvais jours. Vite une course à la rue
Didot à l'Institut Pasteur et distribution de tartines de virus. Les rats, qui
sont malins, après s'être rendu
compte de l'effet produit par la gour-
mandise de deux ou trois des leurs,
dédaignèrent les friandises que nous

leur préparions et résolurent de nous laisser un instant tranquilles. La *Reine Moutte* et *Monsieur Cassis* furent obligés d'intervenir pour chasser ces indésirables et nous n'en voyons plus jamais maintenant. *Nette* et notre fidèle *Bari* montent la garde avec vigilance. Les rats ne viennent plus nous rendre visite.

La souris est un joli petit animal, gracieux, avec l'air futé et qu'il est facile d'apprivoiser.

Nous avons plusieurs amis qui se sont consacrés à leur élevage et qui ont fait parfois leur société de souris. Sur les quais à Paris, il en est qu'on met en vente à la disposition des amateurs, mais ce sont des petites souris blanches qui tiennent lieu de jouets pour certaines grandes personnes qui s'amusent avec elles. La petite souris grise de la campagne est de beaucoup moins amusante; nous en savons malheureusement quelque chose. Nos provisions de grains sont entamées par elles.

Elles ne dédaignent pas de venir tenir compagnie aux nombreux *Sidos* qui logent dans le grenier chez nous.

Elles se mettent à table avec les lapins et partagent leurs repas sans avoir été invitées.

Comme ce n'est pas à leur intention que nous faisons des provisions de grains, nous avons chargé *Nette* de faire la police; elle met bon ordre à l'exécution de son mandat et nous donne des preuves constantes des résultats de son travail.

Nous arrivons à voir de moins en moins de souris chez nous et cela réduit le total des factures mensuelles de notre fournisseur de grains.

Pauvres souris, vous seriez si gentilles, si vous n'étiez pas des voleuses.

*
* *

Le mulot est le rat de terre qui a quelque parenté avec la taupe; il est végétarien et s'attaque aux légumes. Cet ennemi de nos récoltes nous donne du fil à retordre, car il ravage avec acharnement. *Bari* est là heureusement et quand il trouve la trace d'un mulot, il le poursuit, mais son instinct de chasseur lui fait négliger la consigne qui lui est donnée et qu'il respecte généralement; il bouscule nos plants de légumes pour arriver à dépister

l'ennemi, si bien que le remède se
transforme en mal et que pour la mort
du mulot dévastateur, nos pauvres
légumes sont mis à mal par notre
auxiliaire qui, animé d'un beau zèle,
ne se doute pas des ravages qu'il
accomplit, entraîné qu'il est par le feu
de sa passion de sauveteur.

*
* *

Le loir que nous possédons dans nos
contrées n'est pas le loir commun, il a
nom « Lérot ».

Celui-ci est joli et plaisant à voir;
parent de l'écureuil il exécute des
exercices de voltige qui sont vraiment
extraordinaires; il faut le voir sauter
de branche en branche avec une agilité et une précision remarquables. Il
s'en prend aux arbres fruitiers et vous

débarrasse un prunier de ses fruits en
un très court espace de temps. Il est
gâcheur, son bonheur est de faire tomber les fruits, on le voit de temps en
temps tenir dans ses pattes de devant
un fruit qu'il grignote, mais il prend
comme un malin plaisir à dépouiller
un arbre. Avec sa queue en panache,
il est d'une élégance rare, malgré ses
qualités esthétiques, il ne trouve pas
grâce devant la justice des chats qui
impitoyablement les guettent et arrivent à force de patience à les pincer et
à leur faire passer le goût du fruit.

Chacun sait que l'hiver, le loir dort,
mais il est bien éveillé l'été et il n'y a
pour lui ni jour ni nuit.

Il est facile de l'entendre car il a un
petit cri bien à lui et, quand dans la
nuit, nous percevons son ramage,
nous savons que le lendemain matin

le sol sera jonché de fruits plus ou moins mûrs.

Cet animal-là nous prive d'une quantité de confitures. Cependant je l'admire pour la beauté de son allure et la gentillesse de ses ébats.

Cet animal serait un luxe, s'il n'était pas un cambrioleur, c'est-à-dire un ennemi de la Société.

LES POISSONS

Pêcheur? Non, je ne le suis point et ne l'ai jamais été, car on ne peut considérer comme haut fait de pêche la prise des crevettes dans de petites épuisettes ou la chasse à l'équille qu'en Normandie on nomme lançon, je dis la chasse et non la pêche, parce que ce poisson est en somme un ver de sable où il se niche et a le malheur d'indiquer sa présence par une odeur *sui generis* qui ne trompe pas.

Il est des îlots de sable qui sentent le lançon et on retourne à coups de bêche la retraite du petit poisson qu'il faut attraper au vol; si vous le laissez

retomber, il vous file entre les doigts
et s'enfonce si profondément dans le
sable que vous ne pouvez le rejoindre.
En somme, cette pêche est un petit jeu
d'adresse tout comme les anneaux
aux chevaux de bois.

La pêche à la ligne est, dit-on, la
grande distraction des hommes acca-
blés de besogne, le repos par la tension
cérébrale donnée aux évolutions du
bouchon de liège, moi, je veux bien.
A deux reprises, j'ai essayé d'obtenir
cette sensation de bien-être, je ne l'ai
pas ressentie.

Un de mes cousins m'avait prié de
venir à une partie de pêche dans un
étang qui se trouvait dans sa propriété; il fallait observer le plus profond silence et suivre sa ligne sans
rien dire; je me suis royalement
embêté pendant deux heures et ne

suis arrivé qu'à prendre un petit gardon ; dans ma précipitation à constater le résultat de ma pêche, je tirai si violemment sur ma ligne que je pendis le petit poisson dans les branches d'un arbre.

Une autre fois, un vieux brave homme, qui habitait Villiers-sur-Marne et qui avait une assez grande propriété où se trouvait une pièce d'eau, m'avait dit : « Venez donc un de ces jours prendre chez moi un plat de poissons ». J'y suis allé et cette fois, c'était la pêche miraculeuse, la ligne amorcée et jetée était immédiatement happée par un client, carpillon ou petit poisson rouge ; en une heure de temps, le seau que j'avais à côté de moi était rempli, mais j'avoue n'avoir pris aucun plaisir à ce genre de distraction.

Je ne suis pas sportif et la pêche ne m'offre aucun attrait. Je laisse aux pêcheurs à la ligne la responsabilité de leurs crimes, car c'en est un que de retirer la vie à d'innocentes créatures qui ne vous font aucun mal.

Pour les amateurs de poisson, il faut nécessairement des pêcheurs. J'avoue honteusement avoir du goût pour ce genre de nourriture. Il est d'usage courant de dire : « Heureux comme un poisson dans l'eau. » Je veux bien croire qu'il en est ainsi; quand on voit ces malheureuses créatures à l'étal d'une poissonnerie, on peut constater qu'elles y font triste figure. Les yeux des poissons hors de l'eau, indiquent que, certainement, ils ont passé un fichu moment. Ils sont lamentables et se décomposent avec rapidité, en répandant des odeurs nauséabondes. Ils ont le don d'irriter les gens, de les mettre en fureur, de leur faire prononcer des paroles inconsidérées. De là l'expression : « Etre engueulé comme du poisson pourri. »

*
* *

Eh ! oui, dans l'eau, ils doivent être heureux. Quand une rivière est alimentée par une eau claire, on peut voir les parties de rigolades que s'offrent les petits et les grands poissons ; ils filent comme des gens pressés de se rendre à une partie de plaisir. Certes, ces citoyens-là n'ont pas l'air de s'embêter et comme j'ai un penchant pour la bonne humeur, je les salue au passage en leur faisant des compliments.

Ils ont la liberté, ils en profitent, ils sont heureux.

Mais, au contraire, quand vous les admirez dans des bocaux ou des aquariums, ils ont perdu tout leur allant et vous voyez ces pauvres bêtes évoluer avec mélancolie dans l'espace restreint qui leur est réservé.

On leur fait en somme subir un martyre; les gens qui ont chez eux des bocaux de poissons rouges s'amusent à les observer, mais ces pauvres animaux doivent se dire : « Le bonhomme qui me regarde serait bien malheureux s'il était dans un endroit d'où il ne pourrait pas sortir. Ah! je voudrais bien le voir à ma place! »

Plaignons ces pauvres petits!

*
* *

J'ai conservé le souvenir d'une bande de marsouins qui accompagnaient le bateau qui me conduisait de Caen au Havre. Ils avaient l'apparence de gamins de la mer qui s'amusaient à faire des cabrioles pour nous divertir et réclamaient de nous une récompense qu'on leur accordait sous forme de détritus d'aliments.

Sur mon chemin, je n'ai jamais rencontré de baleines, mais si nous en croyons la légende, nous leur devons de la reconnaissance, quand elle se transforme en Palace Hôtel, ainsi qu'elle le fit pour le nommé Jonas. Cette histoire, nous la connaissons tous, mais elle doit avoir été racontée pour la première fois par un Marseil-

lais. Toujours est-il qu'elle a trouvé
créance chez des gens bien pensants et
la chronique biblique l'a enregistrée.
Elle est devenue de l'Histoire.

*
* *

Si je plains les poissons, je plains
également les pêcheurs de profession
qui vont à Terre-Neuve pour y chercher la morue. Tout petit, je les plai-
gnais déjà et je leur en voulais un peu
pour cette raison que, grâce à eux,
j'étais obligé d'ingurgiter tous les
matins une cuillerée d'huile de foie de
morue. Je n'avalais pas cela avec
plaisir, mais en ce temps-là c'était la
mode. Une mère de famille devait
entretenir les bronches de ses gosses
et administrait ce remède à la page.
Cette consommation ne se prend plus

guère aujourd'hui et c'est tant mieux pour les pauvres morues.

*
* *

Certains noms de poissons sont devenus des qualificatifs désobligeants. Pourquoi?

Pourquoi avoir donné le nom de maquereaux à certains industriels?

Pourquoi appeler certaines femmes : « des morues »?

Pourquoi le coiffeur devient-il un « merlan »?

Je me contenterai de plaindre les pauvres poissons tout en continuant à les aimer pour eux-mêmes et même un peu pour moi, égoïste, ils deviennent après leur décès une excellente nourriture pour l'homme.

QUELQUES AMIS

Si je ne vous disais pas deux mots des relations passagères que j'eus avec certains animaux, je manquerais à tous mes devoirs. Je ne veux point laisser passer l'occasion de rendre l'hommage dû au souvenir de ces bonnes bêtes !

Nous habitions, lorsque j'étais enfant, et je vous l'ai déjà dit, un pavillon avec jardin au n° 34 de la rue des Boulangers. Nous possédions une tortue dont le prénom officiel était « *Joséphine* ».

Ce reptile à carapace qui est notre
fournisseur d'écaille a la réputation
de tout faire avec lenteur; il rampe
lourdement et se déplace avec difficulté; cela, tout le monde le sait; ce
qu'on ignore généralement, c'est que
la tortue est susceptible de tendresse,
elle a des yeux intelligents, quand elle
connaît les êtres qui l'entourent, elle
témoigne de la sympathie et devient
vite une amie.

Quand, enfants, nous prenions
« *Joséphine* », elle n'avait pas l'air
effrayé et se laissait faire; nous pouvions facilement la débarbouiller, elle
n'y voyait aucun inconvénient et
même elle avait l'air de trouver un
certain plaisir à nos soins de propreté.
Nous faisions ce que nous pouvions
pour la nourrir convenablement, mais
elle ne se contentait pas des mets que

nous lui distribuions et nous ne pouvions jamais récolter de salades parce que notre tortue consommait celles que nous repiquions et ce, sans assaisonnement, elle adorait la laitue à l'état de nature. Elle prit un matin de novembre ses quartiers d'hiver et malgré nos investigations pour la retrouver nous ne l'avons jamais revue.

Notre docteur Anselme Foissy, excellent homme, habitait dans la rue des Fossés-Saint-Victor devenue depuis rue de Jussieu. Il avait, lui aussi, un très grand jardin qui jouxtait le nôtre par le fond. Il adorait avoir chez lui des animaux et en dehors de sa meute qui était remarquable, car il était grand chasseur, il entretenait des bêtes qu'on n'a pas l'habitude d'avoir à domicile. Je lui ai connu un serpent de grande taille et un aigle qu'il avait apprivoisé. Ces animaux-là, je dois le confesser, ne nous séduisaient qu'à moitié ; mais il avait aussi deux ours remarquables qu'il avait logés dans une espèce de grande cage proche une tonnelle de notre jardin. Nous étions en train de jouer un après-midi d'été et quelle ne fut pas notre surprise en constatant que les deux ours du docteur qui probablement s'étaient dit : « Ces gamins-là s'amusent, allons donc jouer avec eux » avaient trouvé le moyen de s'évader de leur demeure et en escaladant un mur, ils étaient parvenus auprès de nous. Inutile de vous dire que nous nous mîmes à pousser des cris qui furent entendus et le domestique du docteur vint à notre secours en faisant réintégrer les ours dans leur propre domicile, cependant, nous avions éprouvé une sacrée venette.

** *

Nous avions voulu nous livrer à l'élevage du pigeon, mais nous n'avons jamais pu réussir à mener à bien la fantaisie que nous voulions nous passer d'avoir à nous ces très beaux oiseaux. Quand nous les mettions dans le poulailler, les poules ne les supportaient pas; elles les attaquaient et cruellement, elles leur fendaient le crâne. Il était inutile de les laisser entre les pattes de ces bourreaux. Nous avions essayé de les élever en liberté, mais les pigeons heureux de ce que nous faisions pour eux fichaient le camp et plus jamais ne venaient nous visiter.

Nous n'avons jamais pu avoir de pigeons chez nous.

Mais j'ai gardé un souvenir agréable de ceux qui habitent la place Saint-Marc à Venise. Ceux qui ont fait le voyage savent combien ces bougres-là sont familiers; il leur suffit de voir que vous achetez des grains de maïs aux marchands établis sur la place; ils savent que vous venez de dépenser de l'argent à leur intention et effrontément, ils viennent sur vos épaules ou sur votre main quémander la pitance qu'ils savent leur être destinée. Les pigeons de la place Saint-Marc laissent un agréable souvenir de camaraderie à ceux qui sont allés leur rendre visite.

*
* *

Il est une autre sorte d'élevage que nous avons tenté et que nous avons vite abandonné. Nous voulons parler des cobayes, vulgairement nommés cochons d'Inde. Ces petits animaux qui servent aux vivisecteurs, cruels tortionnaires, ont une chair qui s'apparente à celle du poulet; manger du cochon d'Inde est un régal pour les délicats et puis ils sont prolifiques, un couple de cobayes arrive en une année à reproduire une telle quantité de rejetons que vous pouvez, tous les mois, voir les familles s'augmenter. Malheureusement, ils sont trop gentils et quand, comme nous, on aime les bêtes, on ne peut plus les élever pour les manger; ils sont aimables et

caressants ; ils ont des regards intelligents, ils ont l'air de dire si nette·
ment : « Ne nous tuez pas, nous vous
aimons bien ! » que nous avons rompu
avec leur société préférant n'en plus
avoir pour ne pas les sacrifier.

J'ai très peu fréquenté d'ânes et je
le regrette, car cet animal auquel on
a fait une réputation d'ignorant est au
contraire très, très intelligent ; il est
entêté, c'est entendu. Quand il ne veut
pas faire une chose qui lui déplaît,
vous n'arriverez pas à la lui faire faire,
il a du caractère et le montre.

Mais aussi combien, quand il a pris
une personne en amitié, il sait la lui
témoigner.

Quand nous étions à Viroflay, il y

avait un petit âne que nous rencontrions de temps en temps; il me connaissait et quand il me voyait, il poussait un hi han de joie qu'il était facile d'identifier. Ce n'était pas le cri habituel, il était heureux de me voir et me le disait à sa manière.

Je n'ai jamais su à qui appartenait cet âne qui, lui, savait très bien qui j'étais.

Pour en terminer avec mes amis de passage, je vais vous parler de deux chiens qui me furent des amis chers.

Il existait dans la rue Mazet un cordonnier qui possédait un terre-neuve remarquable, primé par la Société protectrice des animaux comme animal sauveteur. On lui avait décerné un collier d'argent pour ses hauts faits.

Chez lui, le discernement était de tout premier ordre. Il savait lire dans les yeux des désespérés et huit fois il avait suivi des gens qui allaient vers la Seine pour se flanquer à l'eau, il les laissait faire, les suivait quand ils étaient dans le jus et les ramenait sur la berge. Ce chien se nommait « *Sultan* ». Comme ma figure lui revenait et qu'il avait remarqué que le mercredi et le samedi de chaque semaine je venais déjeuner, vers midi, chez mes parents, rue Saint-André-des-Arts, il m'attendait à la porte pour me présenter ses civilités.

Un jour, en récompense de son amabilité, je lui offris une consommation, c'est-à-dire que je l'emmenai avec moi chez un boulanger-pâtissier où j'achetai un morceau de pain d'épice d'un sou, que je cassai en morceaux qu'il

se mit à manger. Il prit goût à ce genre
d'exercices et vint mendier sa récompense. Je tentai avec lui un petit jeu
qui réussit parfaitement. Je lui mis un
sou dans la gueule, il se rendit chez
le fournisseur, mit ses pattes sur le
comptoir et déposa le sou; on lui remit
un petit pain, il n'y toucha pas ; avec
son museau, il désigna le pain d'épice
qu'on lui remit; il vint me l'apporter,
car il ne l'aurait pas mangé si je ne
lui avais au préalable cassé en petits
morceaux.

Et ce manège-là se renouvela deux
fois par semaine, tout le temps que mes
parents habitèrent la rue Saint-André-
des-Arts.

*
* *

J'eus pendant une période de
vacances, à l'époque où j'étais à

Antony, la garde d'un superbe Saint-Bernard, qui était la propriété d'un monsieur que je ne connaissais pas, mais qui était dans les huiles. Le chien « *Médor* » appartenait à M. Combarieu, secrétaire général de la présidence. Obligé de s'absenter pour deux mois, il l'avait confié à un de ses amis, Maurice Neumont, qui habitait à Paris un petit rez-de-chaussée de la rue de la Santé. *Médor* n'avait pas beaucoup de place pour prendre ses ébats et c'est pour cette raison que l'artiste lithographe m'avait demandé de bien vouloir le prendre.

Il vint chez' moi à la campagne. C'était un très bon gros chien qui avait conscience de son importance officielle; il était à la maison en même temps que « *Boule* », mais quand nous sortions il prenait toujours le pas sur elle, convaincu qu'il était de sa supériorité sociale.

Avec cela poseur! Il avait la manie de se faire photographier et quand, à la maison, des amis venaient avec leurs appareils, *Médor* prenait la pose et il était facile de lire dans ses yeux ce qu'il disait : « Allez-y! Je ne bougerai pas! »

Et c'est pour cette raison que je possède des épreuves photographiques chez moi où *Médor* me tient compagnie et l'on y peut voir l'importance qu'il attachait à la reproduction de ses traits.

LES AUTRES

Ce livre ne serait pas complet si j'omettais, en le terminant, de vous parler de certains animaux que je ne connais pas ou presque pas.

Excusez-moi donc si, dans cette partie de ce volume, vous pouvez constater quelques inexactitudes. Je n'affirme rien, je peux me tromper, car dans ce chapitre je ne me documente que de ce que l'on dit un peu partout. J'y ajouterai même quelques idées personnelles qui sont purement fantaisistes. Et comme autrefois au théâtre et pour cette raison que c'est la fin du livre, je dis à l'aimable lecteur qui arrive au bout de son supplice : *Excusez les fautes de l'auteur.*

LE CHEVAL

S'il faut en croire Buffon, le cheval est la plus noble conquête de l'homme. De nos jours, le grand naturaliste n'oserait plus écrire ce qu'il affirmait alors, l'automobile étant venue lui faire une concurrence sérieuse, allant même jusqu'à le détrôner. Le cheval est, paraît-il, intelligent, je le crois sans peine, il obéit au commandement de l'homme, au besoin il va même jusqu'à lui imposer ses volontés. Le cheval sait ce qu'il fait, cela est bien certain, il a conscience du travail qu'on lui impose, sa matière grise lui permet de discerner bien des choses. Un cheval de course sait très bien qu'il lutte pour arriver le premier au poteau.

Un cheval attelé à une voiture qui a pour habitude de s'arrêter en certains lieux, les connaît bien et de lui-même fait halte quand il se trouve à l'endroit où il doit faire une station.

Si les chevaux de course et les chevaux montés par des cavaliers ont une fière allure, il n'en était pas de même autrefois pour la majorité des chevaux de fiacre; ceux-là, je les ai bien connus, ils avaient des airs piteux, ils étaient habitués aux dégelées de coups de fouet que leur administraient leurs cochers, ils encaissaient philosophiquement et se disaient : « Il se lassera de me battre; quand il aura fini, nous verrons à décider quelque chose. »

J'ai connu des chevaux coquets auxquels on mettait des chapeaux pour leur éviter les coups de soleil. Il est encore des chevaux qu'on habille, ce sont ceux des corbillards. Savent-ils, quand ils vont au pas, qu'ils conduisent un débris plus ou moins chic qui leur permet de revêtir un costume complet ou un simple morceau d'étoffe? Font-ils une différence entre un client et un autre? Je l'ignore.

Si je n'ai jamais enfourché un cheval véritable, j'étais dans ma jeunesse un habile cavalier pour chevaux de bois; en ce temps-là, les bidets que nous montions ne se mettaient en marche que par le truchement d'un vrai cheval qui, les trois quarts du temps, était aveuglé par son employeur pour lui éviter de voir le chemin en rond qu'il était forcé de parcourir. Cette cruauté a cessé, les chevaux de bois qui, maintenant, sont des cochons, des ânes ou des automobiles, sont mus mécaniquement; le vrai cheval pour manège est à la retraite.

Les corvées qu'on imposait aux chevaux n'existeront plus avant qu'il soit peu de temps; le cheval de labour qui traçait des sillons est remplacé par des machines et le cheval de bataille a fait place aux tanks.

Il est encore quelques fervents d'équitation qui, le matin, vont faire leur tour au Bois à cheval; l'amazone est presque disparue, les femmes de nos jours montent comme les hommes après avoir enfilé des culottes; cela manque de chic, mais il paraît que c'est beaucoup plus pratique.

Le cheval de cirque tient encore sa place; il sait son rôle sur le bout de ses

sabots; il hennit fièrement quand il a
terminé ses exercices et croit dur
comme fer que les applaudissements
qui retentissent dans une salle pour
l'écuyer ou l'écuyère, s'adressent à lui
seul. A ce moment-là, le cheval devient
cabot.

Certains chevaux sont dressés, pour
épater les badauds, en calculateurs
émérites, mais il est clairement démon-
tré qu'il n'y a là qu'un truc et qu'un
animal ne distingue pas un trois d'un
huit.

Quand le cheval connaît bien l'être
auquel il appartient, il l'aime si le propriétaire use avec lui de douceurs,
mais si, au contraire, il est rudoyé, le
fier cheval se rebiffe et par ses ruades
témoigne son mécontentement.

Soyez donc bons avec les chevaux,
ils méritent notre sympathie; il faut

leur prouver que l'homme n'est pas
une brute et les bien traiter, c'est tout
simplement être juste avec eux.

LES VACHES — LES BŒUFS — LES VEAUX
ET LES TAUREAUX

Pourquoi dit-on d'un individu qui
fait un sale coup : « C'est une vache ! »
La bonne nourrice des enfants et des
vieillards ne mérite pas un tel mépris.
La vache qui fournit du bon lait est
une bête candide, je ne lui crois pas
une grande intelligence, elle est de
naïve apparence et s'étonne d'un rien.
Un train qui file lui fait l'effet
d'une chose monstrueuse, mais elle ne
s'élance pas sur lui pour lui barrer le
passage. Elle est plutôt calme et bonne.

Le bœuf, lui aussi, est placide, il est le grand fournisseur de rôtis; le pot-au-feu ne peut se passer de lui. Il doit savoir qu'avant tout il est comestible. Il est encore utilisé pour les labours et là il ne boude pas à la besogne; quand on le lui demande, il en met et ne récrimine point.

Le veau, qui n'est qu'un bœuf en bas âge, est pour nous une mine d'escalopes ou de ragoûts; son existence est éphémère, aussi profite-t-il du peu de jours qui lui sont accordés pour s'amuser autant qu'il le peut faire. Le veau gambade et rigole, cet enfant n'est jamais un enfant terrible, la vache le sait bien.

Le taureau, lui, sait qu'il fait fonction de reproducteur et il le prend de haut avec nous; il est rarement de bonne humeur, il a un fichu caractère, il est batailleur et s'entend peu avec l'homme, surtout quand celui-ci fait ce qu'il peut pour l'exciter. Je n'ai jamais vu une véritable course de taureaux et ne tiens pas à assister à ce spectacle.

Une seule fois, dans les arènes de Nîmes, j'ai assisté à une représentation qui était ce que, dans le Midi, on appelle une « *galéjade* ». Les taureaux, les cornes emboulées, étaient lancés dans l'arène, et le public était autorisé à les venir turlupiner; c'étaient de vieux taureaux ayant fini leur temps de reproduction ; ils n'étaient pas à craindre, car ils étaient flappis, mais les Méridionaux les considéraient comme de vieux lutteurs, et cela leur suffisait. Ils n'étaient pas difficiles.

*
* *

LE MOUTON

Le mouton est généralement un être doux, mais quand il s'empórte, il est terrible. S'il est doux ou terrible, c'est qu'à la vérité, il est bête; le mouton ne sait pas trop ce qu'il fait et notre grand Rabelais nous a laissé la légende des moutons de Panurge qui est vraiment une belle chose, d'une parfaite exactitude. Et pourtant de quelle utilité est le mouton? Sa toison nous fournit la laine, grande ressource pour les hommes, et les bouchers nous vendent horriblement cher les gigots, les côtelettes et les épaules de mouton. Si cet animal a la tête dure, il a des os qui, eux, sont des armes redoutables; on assomme très proprement quelqu'un avec un os de gigot.

Quoi qu'il en soit, le mouton, surtout jeune, quand il ne porte encore que le nom d'agneau, est le prototype de la douceur et de la candeur.

J'avoue que, pour mon compte, je le trouve un peu trop bête.

*
* *

LE PORC

Si dans la vie j'ai, malgré moi, fréquenté un tas de gens qui n'étaient que des cochons, je n'ai pas étudié de près le porc et n'en peux parler que simplement. Lorsqu'il est cochonnet, le porc est joli et amusant. C'est un petit être rose et soyeux, les gens superstitieux prétendent même qu'il est un porte-bonheur. Il grandit, devient verrat ou truie ; il reste toujours séduisant.

L'animal cher à Monselet a la réputation d'être un dégoûtant personnage ; c'est un peu une erreur ; quand on le laisse au milieu d'ordures, il se vautre dans ce qu'il a, mais il n'est point insensible aux attentions qu'on peut avoir pour sa petite personne ; au besoin, il mangerait très bien dans de la porcelaine s'il en était de mise à sa disposition.

Tout en est bon, vous le savez, depuis les pieds jusqu'à la tête, et comme ce gentil compagnon de saint Antoine a la croissance rapide, l'élevage du porc est d'un gros revenu pour ceux qui s'en chargent. Cela est tellement connu que d'habiles escrocs ont toujours trouvé des victimes quand ils annonçaient l'établissement de porcheries fictives. C'est une petite combinaison qui a parfaitement réussi.

Son poil nous fournit des crins pour les brosses et sa viande des morceaux de choix délicieux.

Quand j'étais jeune, en dix minutes je mangeais un cochon tout entier, mais il était en pain d'épice.

LIONS — TIGRES — LOUPS — RENARDS — RHINOCÉROS — HIPPOPOTAMES — HYÈNES

En groupant ces animaux plus ou moins sauvages, j'ai l'intention de ne point m'étendre en descriptions oiseuses et je vous prie, si vous voulez bien les connaître, d'avoir recours à une bonne histoire naturelle.

Ces bêtes, que l'on ne rencontre pas

tous les jours, se trouvent à Paris dans les jardins zoologiques ou dans les baraques de dompteurs; dans ce dernier cas, ils sont inoffensifs. Il est vrai que déjà, dans nos grandes ménageries, ils ne sont pas trop féroces, abrutis qu'ils sont par la claustration. Pourquoi leur avoir ravi leur liberté? Chez eux, quand on se présente poliment, il arrive qu'on trouve des bêtes peu redoutables; certaines de ces créatures ont de la civilité.

Il y a cent ans, sur les boulevards, il était facile de rencontrer des lions, mais c'était tout simplement un terme employé pour désigner les gens ultrachics; en ce temps-là, ils portaient des cheveux longs qui faisaient office de crinières.

Certains de ces animaux sont d'une grande utilité pour les romanciers

populaires qui usent de phrases dont
je vous soumets quelques échantillons :
La griffe du tigre. — Elle avait le
regard faux de la hyène. — Il était doté
de la finesse du renard. — Ces bandits
marchaient à pas de loup.

Et ceci m'amène tout naturellement
à vous parler des...

SERPENTS — VIPÈRES — COULEUVRES

Ce sont encore des bêtes qui ne
courent pas sur le pavé de Paris;
d'ailleurs, elles ne pourraient pas
courir parce qu'elles rampent. Mais
combien utiles aux romanciers.

— « Il avait la main froide comme
celle d'un serpent », a dit quelque part
Ponson du Terrail.

— « Ne me parlez pas de cette femme, elle a une langue de vipère », a dit un autre auteur.

— « Il s'approche de moi en rampant comme une couleuvre », a dit un troisième écrivain.

Voyez combien la nature a été prévoyante en créant ces espèces; pour servir aux amateurs d'émotions fortes, si ces bêtes-là n'étaient pas, je me demande comment ils s'y prendraient pour arriver à faire des effets aussi puissants.

***

CHAMEAUX — DROMADAIRES — GIRAFES — ZÈBRES

Ce sont de bons gros animaux domestiques. Les chameaux et les dromadaires sont groupés en caravanes et traversent le désert en portant de lourdes charges et souvent des voyageurs. Mais leur allure donne quelquefois à ceux qui les montent le mal de chameau, réplique du mal de mer.

On connaît la sobriété de cet animal; il est doux et aimable. Par quelle anomalie ce nom de chameau est-il employé pour faire injure à certaines personnes? Ce devrait être au contraire un compliment.

La girafe est l'animal gratte-ciel. Cette bête est douce et ne fait pas de mal à une mouche.

Quant au zèbre, il a été inventé pour les musiciens qui, en voyage, n'ont pas de papier à musique à leur disposition. Ils les trouvent au moment où ils ont besoin d'écrire ce qui leur passe par la tête. Avec un zèbre un refrain devient rapidement populaire en Afrique, on sait combien le zèbre file vite.

LA CHÈVRE ET LE BOUC

Quelques mots seulement sur ce couple. Si je nomme la femelle avant le mâle, c'est qu'elle est d'une utilité incontestable tandis que le bouc a la réputation de sentir mauvais, et cette réputation, il ne la vole pas. Pour un être puant? Il l'est. Quant à la chèvre, c'est une belle figure. Elle était la compagne de Geneviève de Brabant et d'Esmeralda. Elle nous donne un lait fortifiant pour les gens qui ont besoin d'en consommer. Et pour les amateurs de fromage, celui de chèvre est un régal.

La chèvre n'a que des qualités.

CERFS — BICHES — GAZELLES
SANGLIERS

Nous voici avec le gros gibier. Celui que préfèrent les chasseurs sanguinaires.

Au hasard d'une promenade dans la forêt de Compiègne, un jour d'hiver avec des camarades, nous avons rencontré l'équipage du marquis de Laigle qui poursuivait un cerf affolé. Ce malheureux harcelé par les chiens s'était jeté dans une pièce d'eau à moitié gelée. Il était vraiment triste de voir la joie de ces gens — je parle des invités de la chasse et non des chiens — en voyant la fin désespérante de ce noble animal. Nous en étions tous consternés, parce que ceux qui composaient notre bande aimaient les animaux.

Les biches et les gazelles sont de bien jolies bêtes, mais ce sont encore des sujettes pour les romanciers. Elle avait la légèreté de la gazelle. On disait autrefois, au temps des lions, que les femmes étaient des biches, quand elles menaient un certain genre d'existence.

Le sanglier est le cochon des bois, mais un brave animal qui ne se laisse prendre que difficilement. Quand on vient le déranger dans sa bauge, il n'est pas content, tient tête à l'intrus qui s'avance, je lui donne raison. Mais où je le blâme, c'est quand il dévaste des récoltes. Alors, disons le mot juste : il se conduit comme un cochon.

*
* *

LIÈVRES — FAISANS — PERDRIX

Voilà du petit gibier, mais qui n'est pas négligeable.

Le lièvre est un poltron, mais agile, et il n'est pas un coureur pédestre pour le battre sur un deux cents mètres.

Le faisan est un petit poseur qui se croit supérieur au coq.

La faisane fait de l'esbrouffe; elle s'habille dans les meilleures maisons de plumes. Le malheur veut que, pour les déguster, il convient de les laisser arriver à un état de décomposition.

Le perdreau se plaît en compagnie du chou et la perdrix exige un grand appartement : elle veut être servie sur canapé.

ABEILLES

Après l'entomologiste Fabre et le romancier Maurice Maeterlinck, il est présomptueux de vouloir parler des abeilles. Les travaux qu'ils ont effectués pour consacrer les mérites de ces fabricantes de miel sont si complets et si riches que nos lecteurs feront bien de consulter leurs œuvres s'ils veulent être renseignés sur les mœurs et coutumes de ces bestioles.

A tous égards, .ces travailleuses méritent notre admiration. Mais pourquoi diable la politique s'est-elle mêlée de la représentation de sa figure?

Sans consulter l'abeille, on l'a déclarée bonapartiste.

Et cependant, les colonies d'abeilles, bien que vivant en république, ont une reine. Il ne leur est jamais venu à l'idée de la déclarer impératrice.

OIES — DINDES — PINTADES — CIGOGNES
CYGNES — PAONS

Section des volatiles domestiques ou d'agrément.

L'oie a une fâcheuse renommée; on la dit bête et c'est idiot, car l'oie est intelligente. Elle est une gardienne vigilante. Son cri n'a rien de bien harmonieux, mais s'il a sauvé le Capitole, il peut également rendre service aux gens qui habitent la campagne. L'oie prévient de l'intrusion des étrangers dans les propriétés et cette bête fait le désespoir des cambrioleurs. Une fois par an, l'oie tremble dans sa peau, c'est à l'approche des fêtes de Noël; elle est engraissée en vue de cette cérémonie. Si elle était consultée, elle voterait pour la suppression du réveillon qui, pour elle, est un glas.

Le dindon et la dinde sont des animaux pour grands gueuletons; leur ampleur exige un certain nombre de convives autour d'une table.

Le dindon, que l'état civil désigne sous le nom de jars, et sa compagne la dinde sont des animaux bêtes. Pour bien élever le mâle, on lui inculque le vice de la boisson et on le gorge de vin pour lui donner des forces et des couleurs.

Une fois morts, ces gros oiseaux se fourrent une indigestion de marrons; c'est le consommateur qui en profite.

La pintade a une manière de s'exprimer très désagréable. Son gloussement est loin d'être harmonieux, mais elle se fait pardonner grâce à la finesse de sa chair que les fins gourmets déclarent de tout premier ordre.

Les cigognes sont des bêtes qui détruisent les rats et les vipères; nous leurs devons des remerciements. Elles ont un faible pour l'Alsace; ces échassiers migrateurs y reviennent annoncer le printemps. Leurs nids sont installés dans les pays qu'elles préfèrent; elles ont manifesté leur patriotisme en revenant en nombre dans le pays, en 1919, alors que l'Alsace était redevenue française. Aimons-les, ce sont de bonnes citoyennes.

Les cygnes et les paons ne sont d'aucune utilité, à moins que l'on ne les classe dans la section des bibelots

d'étagère, et encore cela est difficile
puisque le paon vit dans les parcs et le
cygne dans l'eau.

Leur ramage est horripilant; la
T. S. F., avec bon sens, se refuse à leur
expédier des microphones.

Ces deux bêtes, j'en demande pardon
à mes lectrices, furent adorées des
femmes. Léda aimait le cygne et Junon
a donné les yeux d'Argus comme
parure au paon.

J'aime bien les animaux, mais je
n'accepterai jamais sous forme de
cadeau l'envoi ou d'un cygne ou d'un
paon.

Je n'aime pas les poseurs.

*
* *

CORBEAUX — MERLES — GRIVES — PIES

Le corbeau, oiseau cher à Edgar Allan Poë et à Maurice Rollinat, est l'animal de grand deuil, fin dégustateur de charognes. Tous les goûts sont dans la nature, dit la sagesse des nations, mais franchement il m'est difficile d'admettre qu'on puisse aimer ce vilain animal.

Il a des instincts rapaces et c'est pour cette raison qu'un propriétaire exigeant est surnommé par le populo : « Monsieur Corbeau. »

Les merles sont des voleurs qui se moquent de nous en sifflant. Certaines gens ont la passion des merles qu'ils élèvent en cages, ce dont je les blâme.

Ils leur apprennent des airs et l'intelligence des merles leur permet de les retenir. Ils nous régalent alors de morceaux de leur répertoire.

Quand ils n'ont pas de grives, les délicats mangent des merles. Ces oiseaux sont comestibles, paraît-il; je n'ai jamais, pour ma part, trouvé que ces oiseaux pouvaient contenter mon palais. J'ai tort! Je manque de goût!

Les pies dévastent les vergers, mais nous assomment de leur bavardage; elles ont toujours des choses à raconter qui n'intéressent personne. Quand j'aperçois des pies dans mon jardin, je les prie poliment d'aller porter leurs potins chez mes voisins. Je tiens à mes fruits et n'ai que faire des histoires qu'elles débitent et auxquelles je ne comprends rien de rien.

CHOUETTES — HIBOUX — CHAUVES-SOURIS

Ces nocturnes n'ont rien de Chopin. Ils sont noctambules et nous visitent après le coucher du soleil.

Les chouettes et les hiboux perchent dans les arbres et nous font entendre des hululements bien peu harmonieux, mais c'est pour nous donner une leçon d'histoire et nous rappeler qu'autrefois les Chouans existaient et se ralliaient au cri de la chouette.

Je me suis toujours demandé pourquoi l'on disait d'une belle chose « c'est chouette ! » L'étymologie de cette expression reste pour moi un problème.

Les chauves-souris sillonnent l'air les soirs d'été et nous débarrassent de certains moustiques. Remercions-les, elles nous évitent des piqûres. Elles sont aveugles et seul leur flair les dirige.

Ne touchez jamais une chauve-souris; d'abord parce que c'est gluant et qu'il ne faut pas détruire ce qui nous est utile.

***

MULES — MULETS

Ce sont des bâtards produits des chevaux et des ânes. Cet animal est en marge de la nature et je n'en dirai que fort peu de choses.

Ils sont utiles; j'en ai vu beaucoup en Espagne où ils servent soit comme attelage, soit comme monture. Ils sont entêtés et choisissent de préférence les trottoirs, laissant aux piétons l'usage de la chaussée. Ils ne cèdent jamais. Ce qu'ils ont dans la caboche, ils l'ont bien.

Les mules et les mulets ont beaucoup servi aux paroliers de romances. Qui ne se souvient du « Trottez gaiement, mules jolies. » Le faiseur de couplets n'avait, je le pense, jamais vu de sa vie une mule qui n'a vraiment une teinte d'élégance que lorsqu'elle est habillée de résilles. Mais il ne faut jamais approfondir le bon sens des faiseurs de romances. Cela porte, ils ne demandent pas autre chose.

*
* *

CRAPAUDS — GRENOUILLES

C'est par les batraciens que nous terminerons cette revue d'animaux qui ne nous sont pas familiers. Et cependant, je vois à chaque instant des crapauds dans mon jardin. Avec Victor Hugo, je tire mon chapeau devant eux. Ces animaux sont des bienfaiteurs. Nous devons les respecter, car ils nous débarrassent d'une quantité de vermine. On dit : « Laid comme un crapaud », ceux qui disent cela ne l'ont point examiné avec attention. Le crapaud a des yeux humains très intelligents. En le regardant bien, on sait qu'on n'a pas affaire à un imbécile. Mon bon chien *Bari* a cependant ces bêtes en aversion; quand il en dégote un dans l'herbe, il le massacre, malgré mes reproches, il n'a jamais pu résister à son instinct; le chien est l'ennemi du crapaud.

La grenouille n'a rien emprunté à la sirène pour moduler ses chansons. Nous avons, pas loin de chez nous, une mare et certains soirs d'été nous sommes conviés à des concerts qui ne sont ni classiques ni harmonieux. C'est tout de même un joli petit animal. Je me demande pourquoi on a donné le nom de grenouilles à certaines femmes de mauvaise vie. Pourquoi appelle-t-on crapaud un sale gosse? Pour moi, ce sont des mystères.

La grenouille est comestible; il y a deux manières de la consommer, en plats : à la poulette, c'est la bonne, la grenouille est un mets savoureux. La seconde manière est la mauvaise, elle consiste à enlever des fonds qui vous ont été confiés.

Nous n'engageons pas nos lecteurs à user de cet aliment.

FIN

Villers-sur-Marne, juin-juillet 1930.

TABLE DES CHAPITRES

ACHEVÉ D'IMPRIMER LE
NEUF OCTOBRE MIL
NEUF CENT TRENTE
– PAR L'IMPRIMERIE –
ORLÉANAISE, POUR LES
ÉDITIONS G. CRÈS ET Cie